中国年度
优秀散文诗
2022卷

杨志学　干海兵　郝子奇　主编

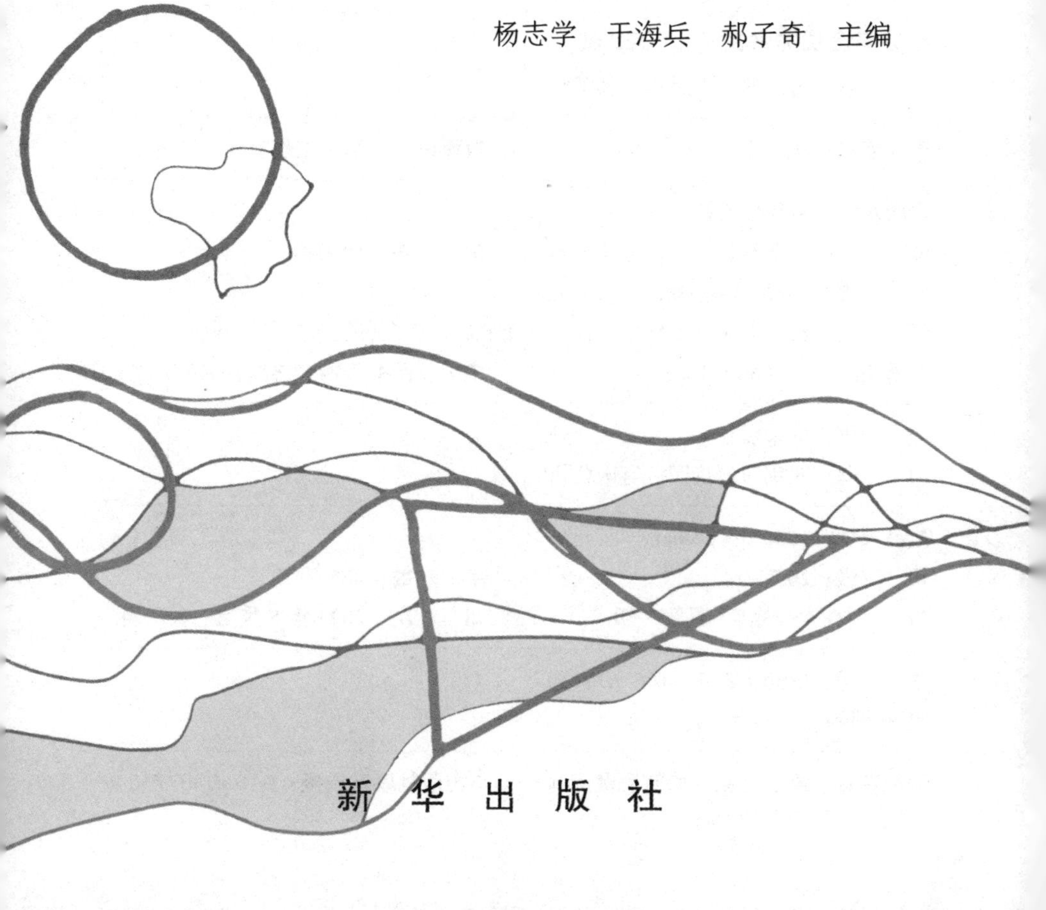

新 华 出 版 社

图书在版编目（CIP）数据

中国年度优秀散文诗．2022卷 / 杨志学，干海兵，
郝子奇主编．-- 北京：新华出版社，2023.4
ISBN 978-7-5166-6791-0

Ⅰ．①中… Ⅱ．①杨…②干…③郝… Ⅲ．①散文诗—
诗集—中国—当代 Ⅳ．① I227.6

中国国家版本馆CIP数据核字（2023）第072476号

中国年度优秀散文诗．2022卷

主　　编：杨志学　干海兵　郝子奇

责任编辑：李　成　　**封面设计：**李尘工作室

出版发行：新华出版社
地　　址：北京石景山区京原路8号　　**邮　　编：**100040
网　　址：http://www.xinhuapub.com
经　　销：新华书店、新华出版社天猫旗舰店、京东旗舰店及各大网店
购书热线：010-63077122　　**中国新闻书店购书热线：**010-63072012

照　　排：华兴嘉誉
印　　刷：北京明恒达印务有限公司

成品尺寸：150mm×230mm
印　　张：20.75　　**字　　数：**265千字
版　　次：2023年5月第一版　　**印　　次：**2023年5月第一次印刷

书　　号：ISBN978-7-5166-6791-0
定　　价：50.00元

目录 | CONTENTS

第一辑　风骨

第二辑　风　景

第三辑　风　情

第四辑　风　雨

第五辑　风　华

第一辑

风骨

你在南方歌唱（外二章）

耿林莽

以梦为蝶，这是庄子的事业，古哲人留下的衣钵。

你则是以蝶为梦，在南方歌唱，天使降落诗篇。

黄浦江，苏州河，阴沟与水泥，你在车辆如流的南京路上，见一蝴蝶飞到少女的胸前，那便是，缪斯的翅膀降落。

越过市场的樊篱。涂了漆的雨。你在工业废水污染的河畔，看芦苇高过月光，抒写幽静的河川，漂浮其上的，是灵魂玻璃的点点碎片。

叶子隐藏阴影，白色花是水与阳光的聚合，你歌唱水底的岩石，岸边的橙子树林，欧阳江河的玻璃工厂，苏东坡的载酒亭。

大都会的嘈杂与喧哗，你充耳不闻。

那是个泪眼迷离的黄昏，你居住的大楼飘摇若马厩。雨水的哭泣中夜已降临，你的窗户亮起音乐的明灯：

“雨中的马”。

愤怒的马蹄淹没了缠绵的雨，

南方的歌唱覆盖了哗然的市声。

芦苇岸

苇叶青青，流水潺潺，幽幽的芦苇岸边是爱情们栖息的场所。

霏霏细雨披在肩上，打湿了你的温柔。

那是少女很黑很黑的柔发，轻轻擦过他的面颜，引起骚动，一点点蔓延。

抚摸，亲吻；亲吻，抚摸……

然后，将一串紫色的葡萄，留给了你：

“等我。”“等我。”他说。

那一叶小舟，已渐渐去远。

夏季的炎热，燃烧过了；喧哗与骚动，燃烧过了。

秋是休止符。一支箫，唤不回远逝的帆。

九月，芦花已白。

弱不禁风的少女，还在芦苇岸边上站立。

一次次伸出手去，抚摸——

曾被爱情坐暖过的那一方石头：冰冷。

南方：一滴雨

南方。南方是一滴雨。

湿润，清凉，飘逸，柔软。

一滴雨洗亮一片叶子，一夜间便绿遍了山河。休眠一冬的水乡，卷起色彩的漩涡。

树动起来了，草动起来了，鱼儿们浮出水波，杨柳岸又垂下一串串飘动的耳环。

浸润着青草味的松软泥土，在唤我归去，插了秧的水稻田，青青的水葫芦叶子，在唤我归去。

然而，竹叶上的露珠打湿的发丝，却飘满了苍然的雪，我的被狂野的风吹裂的皮肤，沾满尘土和油垢。

我奔下河堤，伸出双手，我的多乳汁的妈妈，能为我洗刷一净么？

一滴雨，一滴雨唤来了漫天的雨，

一句歌，一句歌唤不回少年时的狂野与欢悦，唤不回炯炯双目中那枚闪动着的萤火。

（选自《散文诗》2022年第1期上半月版）

伞·碑魂及其他（组章）

邹岳汉

伞

雨天，撑开一轮太阳；炎日，支起一片荫凉。一层纸。一层布。

或者是一种心境，一个合乎情理的想象、假设，都可以造就一方天地。每把伞、每个人，都可以拥有一方天地。

碑　魂

紧挨着庄严的国境线。在一方极普通的花岗石墓碑上，铭刻着一个边防战士最后的遗言：

“请将我站立着埋葬吧——永远地脚踏生我养我的热土，背靠美丽、富饶而强大的祖国，面对一切敢于来犯的敌人！”

水　仙

一盆清水，你生活之所需如此的简朴。

一茎，高高地擎起一束花蕾——你目标的指向又是如此地明确；葱青、玉白，显示出生命的质地与本色。

犁的追求

你走过的地方，总要留下深深的足迹；你翻耕过的田土，总要增加几分收成；每当你掀揭开一页埋藏着的记忆，总会发现几处——经久未愈、难以忘却的伤痕。

迎春花

早上醒来，满室馨香。

原来，从户外沿着墙根爬上窗台口的那几株迎春花，在昨晚深夜里静悄悄地开放了。

拂晓的薄雾里，点点透露：竟是你眨巴忽闪、欲语的眸光。

（可曾窥见我梦中的泪，和笑？）

（选自《星星·散文诗》2022年第11期）

百年独伊

王幅明

1

一个爆炸性新闻在媒体传播："七一勋章"获得者，瞿秋白烈士之女瞿独伊因病远去，走完百年历程。

2

你的一生充满传奇。早在六岁时，你的革命生涯已经开启。那时，你是中共六大期间的一颗童星。

1928 年，国内白色恐怖猖獗，中共六大不得不改在莫斯科召开。父亲装扮成商人先行，你随会议代表、母亲杨之华紧追。秘密过境时，经妈妈引导，你称其他参会的叔叔为"爸爸"，成功掩护了重量级的参会代表。

六大会议间隙，你为父辈们唱歌跳舞，献上难得的欢乐。

九十三年后，当年的"童星"，成为莫斯科郊外中共六大会场唯一健在的见证人。

3

父母奉命回国工作，为了躲避国内白色恐怖，不得已将你托付给苏联友人，留在莫斯科国际儿童院。此次分别，竟成了与慈父的诀别。

1935 年，是你一生中最黑暗的一年。6 月 18 日，是你终生铭记的日子。

你与同学们一起，在苏联的一个城市聚会。你发现同学们在传阅《真理报》，用异样的眼光看你。少女的敏感让你一把抢来报纸，当看到父亲的照片和被反动派杀害的消息时，顿感天昏地暗。经过抢救，你才慢慢苏醒过来。那年，你只有十四岁。

后来得知，父亲是高唱着自己翻译的《国际歌》走向刑场的，高呼着“中国共产党万岁”的口号，在长汀西门外的一片草坪从容就义，时年 36 岁。也得知，父亲在王明错误路线横行时受到排挤，后成鲁迅先生挚友，共同从事左翼文学活动。

得知父亲为革命烈士，“好爸爸”成为你终生的偶像。

4

1949 年 10 月 1 日，你见证了父辈用鲜血预见的“光明”。

作为临时受到委任的俄语播音员，你用俄语向全世界播报了毛主席庄严宣告新中国成立的消息。

1950 年，你与丈夫受命筹建新华社莫斯科分社。你们知道国家经济困难，主动提出降薪，并把所得稿费作为党费上交。

中国党政代表团访苏，翻译工作常常由你担任。苏联《真理报》刊出你站在周恩来总理身旁做现场翻译的新闻照片，成为你一生骄傲的珍藏。

5

党的百年华诞，你被中共中央授予“七一勋章”，获得全国新闻工作者中唯一的殊荣。

一代人负有一代人的使命，但，有些精神将永恒不灭，激励后人。

历史将铭记那些打碎精神锁链的铮铮铁骨，那些与日月同辉的人间正气。

赓续红色血脉的巨星离去了，百年芳华，独伊无二。

我们记住了你“好爸爸”的话：

“信是明年春再来，应有香如故。”

（选自《济源文学》2022 年第 1 期）

萨克斯曲：回家（三章）

章德益

发　型

理发推子在脑袋上风驰电掣地耕地，犁地。等待播种。

种什么呢？理发师搔了搔头，迟疑地问。

剃头的人望着自己满地的碎发，想，啊，又一堆麸皮，又一堆草屑。又一年歉收！

理发师突发奇想说，种一盆塑料花吧。你看，那边电视机里正播放着塑料花广告呢，何其美艳啊。

就种了一盆塑料花在他脑壳上。

他从此塑料地笑，塑料地唱歌，塑料地生活，塑料地说话，塑料地思考。

眼睛里流出塑料的眼泪！

萨克斯曲：回家

从你演奏中闪闪烁烁飘落的音符，如月光撒满一地。你沿着月光回家。一条旋律的路。一条纯银的路。一条沿你十指走进心灵的路，从萨克斯管的深处飘出，筑进这荒芜的世界。

但我们是否还有家？这个年代，空间筑在房子里，房子筑在鸟笼里，鸟笼筑在货币里，货币是一条拴在齿与爪上的狗，狂吠着扑向归家的神与佛。

但我们是否还有家？这个年代，门槛已随尘海漂走，地基已随商潮漂去，空余那柱名叫灵魂的房梁，支撑着倾颓中的物化的世纪。

因此，你只能从音乐中回家，牵着那只名叫影子的狗，端着那只名叫艺术的钵，走在自身血脉的巷道里。

因此，你只能从音乐中回家，把你手中的萨克斯管想象成摇曳长大的故园的菩提。从掌心里破壳而出，伸展开旋律的根系。一块真实的血土在你生命中涌动。你聆听那条旋律的河从你心灵中央流过，此岸的滔滔红尘，彼岸的冰清玉洁，一座名叫落日的家院，筑在你萨克斯管的花蕊里。

夏加尔：一把会飞翔的小提琴

从精神的本义上来说，一切真正的小提琴都是会飞翔的。

我们的耳朵与心灵，是它张开的两只翅膀。

一个名叫夏加尔的犹太人，用他的宗教与血液画出了这把小提琴，用梦想点燃了星火的燃料，飞往他的家乡，飞往他一生追忆与眷恋的地方。

夏加尔搭乘的这把小提琴，飞翔在画布里，飞翔在幻觉里，飞翔在他一生思乡的愁绪里，飞翔在时空的流变里，飞翔在永恒里。

我想，远方一定有他一颗母亲的心，作他不朽的教堂。

一定有他一个少女的长辫，做他结满耳环与吻的苹果树。

一定有他一头用童年之爱喂大的奶牛，化成上帝的喷泉，不断喷出颂诗与祈祷。

哦，他将用他的画笔与喷泉一起喷出更奇幻的星空，化作他另一把更伟大更永恒的小提琴，演奏出枫叶与白鹤，飞翔在永恒的画布上。

（选自《星星·散文诗》2022年第12期）

火，或火焰（节选）

谢克强

1

有谁见过火焰的命运，又有谁见过人类的命运？

自从天地间有了人类出没，就有人手持火把从夜的深处走来，越过时间与空间，点燃大地的灯盏；也有人披荆斩棘点燃垦荒的篝火，与黑暗和寒冷对峙；更有人盗来火种点燃灶里的柴火，让升腾的火焰为生活酿造清香与甘甜……

是的，有了火或升腾的火焰，人类才告别了食不裹腹、衣不遮体的原始生活，进入一种新的境界，开始一种新的生活。

4

我曾无数次歌唱火焰。

之所以无数次歌唱火焰，是因为一次一次深陷黑暗时，在静寂的黑暗中看见燃烧的火焰呼呼地、霍霍地升腾着。此时，我最想干的事就是给火添柴，让它烧得更旺一些，让越烧越旺的火焰，不仅驱走了我深陷黑暗的恐惧，更以它的光芒让我在黑暗的迷茫中感到希望。是因为一次一次遭遇寒冷时，在这冬天最严酷的时刻，火焰舒展的姿势，让我感觉异常兴奋，因为这升腾的火焰、热情的火焰、温暖的火焰，无声无息，不急不躁，像阳光，又似春风，穿越空间，将我送入温柔的梦乡，送入向往已久的温暖的梦境……

这就是火焰，照耀着我，温暖着我，叫我怎不为它歌唱！

7

没有谁知道那一星星火的缘起。

与天下所有的火一样，纵然是一星星火，也要以桀骜不驯的果敢，迅猛地燃烧起来；接着，这一星火引燃一簇星火，一簇星火又引燃一片烽火，使火越烧越大、越烧越旺、越烧越亮……

风，以风的速度扑向火，想将燃烧的星星之火吞噬；然而火却借助风势，升腾的火焰让风不得不痛苦地战栗。雨，以雨的无情浇向火，欲想将火浇灭，然而火却以燎原之势，冲破雨幕，让雨不得不竭力地喘息。

没有谁知道那一星星火的缘起，但星星之火可以燎原，这就是火不可抗拒的运动规律。

8

他们是一群盗火者，他们奔忙的身影闪动在黑暗中最黑的坑道里。

不是么，在掘进的坑道里，面对黑暗中最黑的煤，盗火者看不见光芒，也感知不到热力，只因那藏在地底深处的煤，用黑暗敛聚光芒，以石头贮藏火与热力……

纵能敛聚光芒、贮藏火与热力，但没有燃烧的煤炭只能是冰冷的石头。

盗火者的高尚，就在于他们以自己卑微的生命，将隐匿的火与热力送到生活的炉膛，让冰冷的石头发热发光。

9

一朵火焰，靠近我。火焰腾跃的光芒，将我的心照亮。

火焰的语言，炽热，透亮，就这么简单。而我们的语言呢，竟是那样的庞杂和烦琐，那种清晰、简洁、质朴的语言呢？

如果说火焰炽热、透亮的语言，辽阔，深邃，直抵人的心灵；那么，为什么不能让我们的语言也像火一样燃烧起来，使升腾的火焰去映亮无边无际的思绪，让人们去领悟语言的辽阔与深邃呢？！

11

虽然谈不上钻木取火那么艰辛，可那轻轻一擦的痛苦也够受的。谁都知道那轻轻一擦就是慨然赴死，但它们依然前仆后继，殉道般燃烧着自己，燃起一朵一朵小小的火焰。

别看这燃起的一朵小小的火焰，虽不耀眼，也不炫目，却可点燃一小片黑暗，再引燃一大片光明……

你说，火柴这种勇于献身的精神不值得用世上最美的诗赞美吗？

（选自《诗潮》2022 年第 11 期）

那些装着世博金奖的麻包（外一章）

蔡　旭

十二个麻包，从中国来到了伦敦世博会。

这是 1851 年，第一届世界博览会正在伦敦举办。

此前，维多利亚女王广发请帖，十多个国家的名优特产从世界各地纷至沓来。

上海荣记丝号的广东老板得知此讯后，十二个麻袋装着的辑里湖丝，就这样不远万里，风雨兼程。

这些中国货未能引起洋人的注意。毕竟麻包太不起眼了。

也许因急着赶路来不及包装，也许因中国货本来就不讲究包装。

也许中国人就是那么实在，只重实质，而不在乎外表。

反正，这粗糙简陋的麻包，被直接忽略了，竟多时未被打开。

直到有一天，其他展品全被评委们反复品评之后，才有人想起来自中国的这十二个麻袋。

麻包打开了，中国丝出场了，世界震惊了！

这些湖丝，这样洁白，这样柔软，这样有弹性，一下子刷亮了世界的眼睛。

世上竟有这样的珍品！

中国的湖丝，在第一届世博会上，获得了金奖。

这是世博会上，中国的第一块金牌。

珠海北岭村人徐荣村，成了世博中国第一人。

这些中国丝，就这样以免检的资格进入英国市场，带着金牌进入了世博会的荣耀史。

不知后来这十二个麻包到哪里去了？

它那么粗糙简陋，那么不起眼。

不过不应忘记，正是这十二个麻包带着世博金奖的湖丝走向了世界。

这些麻包，也同样走向了世界。

（选自《新民晚报》2022 年 6 月 13 日）

长在方言里的植物

一些植物长在方言里。

无法用普通话称呼，也无法用文字来描述。

比如它，生在灌木丛中，有皮带一样长长的叶片。

最大的特征是叶片旁边，两排锯齿般的尖刺。

人若犯我，我必犯人。因此成了围护家园的第一选择。

它却成了小玩伴们的最爱。因为削去利刺，则可编织各种可爱的玩物。

戒指、手链、飞机、小船，当然还有长长的皮带。

大人对它也情有独钟，它的长叶可用来包粽子。

曾问过老师怎样写它的名字。小学老师、中学老师都无能为力。

大学老师？他见都未见过，就不要为难他了。

多年后我也当了老师，同样无法应对这道考题。

有一次我从外地回到故乡，在放鸡岛公园与它意外相逢。

像一些珍稀植物一样，身旁挂着一块牌子。

原来它叫野菠萝呀！我不禁顿生意外的惊喜。

把此事告诉童年的玩伴，他们一个个却不以为然。

还是让它长在方言里吧——似乎大家都有同感。

正如玩伴一个个都有大名，不过还是叫他们花名外号——

才会更加亲切。

（选自《散文诗世界》2022 年 10 月号）

觉悟（外二章）

周庆荣

曾经是无悔的，无悔亦是空。在废墟下经常看河，河里的天空也是涟漪式的空。一只飞鸟在飞，它不是河里的真实，它在寻找什么？

河里无鸟，是空。天空中，飞鸟过后，也是空。

一个男子，他曾经只想握手拥抱。

向生活和人世致意。

他偶尔握拳，斗争也是空。

看着鸟儿已经飞走的蓝天下，流过泪水的双目，也终于空无一物。

复　盘

贴紧一叶枯荷的阳光，秋风一吹，脆薄的声音仿佛光芒落下马去。

然后，就是一片真实的荷叶。

干枯的晚年依旧脉络清晰，如果形容，我会首先想到蝉翼的标本。

生命静止后，大大小小的几何结构演示着曾经的生命力为何旺盛。

枯荷不死。

我要让它永生。

我叫回走远了的泥鳅、青蛙和小龙虾，让它们再次生动在荷的根部。

让时间迷途知返，珍惜刚刚过去的热烈的夏天。

对，夏天。荷花正在开放，荷叶神采奕奕地绿。

谁也不会轻易地把人间况味与残荷对应。

每一片荷叶都是充分的叶绿素，它是黑暗中的藕努力生长的秘密。

其时，荷花正美。蓓蕾如处子，盛开若少妇。

枯荷不死，或者说先让一片荷叶死而复生，我要省略的恰恰是荷花。

荷叶，这圆脸的喜庆。

预言着看不见的藕，在后来的秋天终于告别全部的憋屈。

当藕有了出息，荷叶才能心甘情愿地枯萎。

这个秋天，我不想重复常规的赞美。面对眼前的一叶枯荷，和日后更加广泛的枯萎，我想让自己当一回神。

神一发话，时光就往回跑。

跑到一田小荷，才露尖尖的角。

童话那样地自由生长，是为永生。

（以上二章选自《作家》2022 年第 3 期）

弓　影

如何解决杯弓蛇影的问题？

把弓从墙上取下，搭箭，射出去。

还有一种办法更简单，用杯中酒洒地，祭奠那些死于蛇毒的人。

其实，心理之路虽然忐忑不平，历史的车轮依旧会滚滚向前。

如今的墙壁，很少挂着弓。

禅意、座右铭，远古的意境代替了勇士的兵器。

下面的文字属于虚构：

弓影倒映在我的酒杯中，我会一干而尽？

给我一臂神力，开弓三百石。

强敌当前也是虚拟的，即使一箭不能中的，我也会矢志不渝？

现实中的我，却要检讨自己。

也曾心有余悸，也曾明哲保身。

明天，我想去寻一张强弓，换下书房里的那幅“难得糊涂”。

（选自《十月》2022 年第 2 期）

家住秀峰湖畔（三章）

皇　泯

迟到的柳树，来一场春天的追赶

春天早就远了，夏天也快过了，秋天，已经走到半路上，秀峰公园的枯柳，却抽新枝了。

是回暖返季的盆栽，还是柳树特别旺盛的生命力？

这本简单的植物发蒙课本，我读不懂。

我只知道，完成这个本子最后一页的速写，众多的果树，都成熟了。

比如含铁量居水果之首的桃，比如清热生津的李子与酸甜可口的梨。

我又不愿盗用本土诗人的想象，让改革的春风吹绿资江两岸，鹅羊池的柳树枝丫随时随刻都会发芽……

我情愿相信，迟到在秋天的柳树，来一场春天的追赶。

自然规律，不打绑腿

移栽的樟树终于长新叶了，柳枝，在夏季也婀娜万千条。

适者生存，自然规律，不打绑腿。

东边的桥，圆弧着半边月亮，西边的水干涸了，枯瘦的月，没有了思乡的情绪。

从异地他乡延伸到小城的根，找不到肥沃的土壤。

从城西到城东，从桥北到桥南，我已被移栽过多少次了，始终长不成一棵完整的树。

不是枝不繁，就是叶不茂。自始至终，没有成熟过一颗果实。

唯有在冬去春来的季节更替里，一次又一次地萌芽、生长。

让月牙船，找到抛锚的岸。

电梯上下，都会省略生命的脚印

我家住在对面高楼的西四楼。

东边的朝阳，踮起脚尖，也看不到如何升起来；

西边的夕阳，闭上眼睛，也知道将如何落下去。

这是我居住的第十一个地方，也许是我最后的归宿。

人生，看不见自己怎样来，但能看到自己怎样去。

这是我居住的第一栋电梯楼，上楼和下楼，都会省略生命的脚印。

我家住在四楼，二楼或三楼，常有停顿，并不是中途小憩，而是生命进程中断的缝隙。

（选自《诗潮》2022年第7期）

礼　物

陈茂慧

在沙漠上，风吹来，卷动沙粒扑面而来。

跪下来，手捧一捧沙，紧闭的双眼有泪溢出。这么荒僻的地方，这么遥远。你在哪？

即使大声说出心愿，也不会有人听到，即使风将声音传播，还没出沙漠，便已支离破碎。

是的，破碎。声音、心愿、心……

与绿色隔绝，与城市、乡村隔绝，与一切生命隔绝。

声音，此刻，除了风声就是自己的啜泣；生命，除了沙粒就是自己。如此简单而直接，谁赋予谁生命？谁提示谁？

不用暗示，不用设防。我是你的礼物，你是我的礼物——沙漠。

博大的胸怀拥抱我，将热情赠予我。

那么多的人奔向草原时是否会瞭望这一角；遥远的麦田飘香，苹果树上的红苹果展露笑颜；天空瓦蓝，偶尔白云曼妙，有鹰快速飞过。

不冀望沙粒下藏有宝石。沙漠，孤独如你，会不会寂寞和忧伤？

除了风声还是风声，雨几乎不会驻足。我的造访，是偶然，也是专程。

我的脚印很快就会被风抹去。

我的歌声很快也会被风吹散。

只有文字与诗情会记录在时间的册页里。

（选自《散文诗》2022 年第 3 期上半月刊）

未敢抵达：词语的边界（三章）

李松璋

渡口古槐

看见那棵将枝叶不顾一切地伸向河面去的古槐，我知道，这就是传说中的长离渡口了。

我要把包袱里的小世界放下。一路上，它把我置疑的肩膀磨出了血泡。

也要补充水。卖水的人像一只肥猫，在窗口里披着阴影假睡。

弯身俯首几百年，古槐向面前的流水一再询问和叮嘱。心情急切。只见东去，不见西来。河水带走的一切，都曾听见它用枝叶之唇日夜吟唱的那首无始无终的悲伤谣曲。

唱自己的荣枯，也唱人世的兴衰。

目送过多少轻舟划开清波远去？为何远行的人都只是挥一挥手，心里便不再记住送行者的名字？记忆，难道与我们以为的正好相反，属于远方和未知？

江天之间流云飞散，雁阵成行。

打开包袱，在古槐身侧，把背了一路的负重投进流水。一件东西，如果只是让你感觉到重量，不如扔掉。

船来了。现在，身上只剩下那块蓝色粗布。

古槐抖了一下，慢慢直起腰身。

西部故事

青壮之龄的山丘无声隆起。脊背滚烫。长发闪亮如东去之河。

光线滞缓的秋冬季节。这一刻，原野安静，很像一位坐在窗前木椅上沉思的老人。

河床已无须水的陪伴，干脆赤裸。去吧去吧。水如挣脱囚笼之鸟，在一个黄昏时分绝然逃离。荒蛮所在似乎从未生长过草木柔情。暮色再次降临。肃穆的蛇阵，弥漫。

山丘脊背无一滴咸的汗液。夜，不再分泌露水。

老人肩上披雪，风化成一尊古铜。

空杯子

诡谲的身影在圆柱背后一闪，雨声挥起千万条鞭子。马群铺天盖地。闪电的牧人披着灰云的斗篷。

一扇大门沉重地打开，里面走出一位手持纸杯的人，不打伞，雨钻进领口和头发，他整个人——包括骨头和目光都已经湿透。

纸杯的玄机深不可测。接满雨水，却溢出新鲜的血液，放一颗石子进去，却飞出一只乌鸦。

他身后的大门里，空地上的椅子在雨中说话。

（选自《散文诗》2022 年第 6 期上半月版）

寄昆仑书及其他（五章）

韩嘉川

寄昆仑书

从零海拔出发，爬升到4000多米的高度，进入昆仑山口；
将祝福系在树上，然后感受神的力量……
那时，凛冽在燃烧，气流在颤抖。

一站站灯火近了又远，不必醒；
日子来了又去，闭眼的功夫，便到了老年，
一本书或一首西去的诗，犹如玛尼石
掩饰苍凉磨砺的真实。

经胸闷，眩晕，呼吸急促，面色苍白的洗礼净化，之后
与高原的藜麦枸杞沙柳，以及纷呈的河流一起，匍匐于大地
祈祷。
掠过戈壁滩的风与每一颗沙砾做知音：
留驻于此的青春之魂，都是昆仑众神的子民。

——兼及青岛知青

拜谒胡杨

面对胡杨，那一刻耳朵失聪，只能接受光束的热情引领。
历经千年的长者，即使死了也要站着；即使倒下，
也要支撑纹理曲折的书写。每一个扭结，都是历史的记载；

枯枝中纠存着多少寓意，不肯被风沙磨灭……

格尔木的天空，蓝。被雄鹰的翅羽清扫过的，虔诚的而坚贞的蓝。
被抚摸的沙砾在阳光的手中，灼热；
而贴着肌肤的呵护，会持续多久？
黄昏已拖着夜的影子，潜伏于地平线之后。

我坐绿皮火车而来，漫长的旅途足以让来程变旧；
而三千载的风声，能让你辨别其来路的轻重。
在日与夜的研磨中，坚硬的山岩以蚀为沙粒为证：
苦难记忆在这里，永生……

盐湖，海的雕塑

一片海，遗留在这里。然后
被阳光一点点剥蚀，露出骨质的白。

雪山昂起头颅，白云与牧羊人的歌声在上升。
汽车在远处的公路上以标点的方式运动；有人伏在车窗上，用望远镜观看
迁徙的藏羚羊和散漫的河流、虔诚的朝拜者，交相而行。
这里遍布着洁白的肃静。

我是海的后裔，从东海岸的贝壳里捕捉遥远的讯息；
在海浪絮絮叨叨的故事里，居然与青藏高原有关……
沿着时间的台阶，来到被地壳高高举起的察尔汗盐湖，
朝拜。

在八月酷热的暴力之后，鸟鸣也渐渐纯净的时候，
我知道在格尔木看到了什么，凝固的声音以冰雪的节奏，

给盐的不同形态，以钢琴的清脆
诗的灵魂。

不期然的雨水，在触摸盐花所饱蓄的况味；
苦涩是一种基调，其蕴含的冷峻足以令人清醒：
生命，是盐的造型。

可可西里的救赎

配得上所拥有的另一种生活。可可西里。
藏羚羊、白唇鹿、野牦牛、棕熊……曾被伤害的族群，头骨被剥蚀掉血肉与思想之后，挂在客厅的墙上，炫耀蛮荒。

谁触摸到那里发出的声音，露水折射的光，击中怎样的灵魂。
虔诚的路，从格尔木或其他的地方出发，向西延伸。
女人，和女人的身体分别在礼拜。

精神之外的疆域，玛尼堆在修复伤痕；或者
将八月的夜晚，放置于五花草原的众多湖面，测试贪欲的深浅。
穿羊毛衫与皮裤的人，站立于秋天的入口；细雨相告，
风雪的暴动在日夜兼程。谁能赦免。

那年，在格尔木

从这里向西，是一条天路。或者是一个虔诚的复制品。
这时候的大地，没有辜负该有的庄稼和雏菊，以及人们生活的方式；
甚至，每滴残雨都不荒废，让成行的青杨树护卫季节走过。

房间享有高贵的安静，那一刻有诗意在生成。

仿佛可可西里野生动物口中，呼出气体的白，瞬息凝定。
冷冽的疼痛习惯，漫散着光线滑过冰面的快感……

时间，安闲地在沙发上，思谋一张铁锨的历史用途，
和一代知青已不太清晰的容颜；甚至记不起自己，
得到怎样的神谕，在一粒沙中建造一个世界。

（选自《巴音河》2022 年第 2 期）

触摸岁月（四章）

陈志泽

温　暖

温暖是笑脸映照明丽的天光，是拥抱，是携手，是在大地上随意行走。

温暖是劳动者一串串汗珠坠落腾起的氤氲，是男人和女人真情目光的碰撞与交融。

温暖是翻腾的大海飘出云朵，青葱的山峰举起长虹；是鸟翅在天空中剪辑霞彩，鸭掌在春江里嬉戏着游鱼的唼喋；是穿着花衣裳的树，在风的吟唱里，起舞婆娑；是顽皮的牧笛挑逗着早霞；是家的灶火亮堂，炊烟袅袅……

温暖从上帝给人间抛出的太阳里释放出来，除了夜晚回去歇会儿，这一轮火球每个白天都高挂在天上，即使是乌云包围了它，也播洒着不尽的金辉。

温暖更从母亲怀里的太阳透射出来。母亲们没有夜晚——不管黑暗或光明，无论动荡或安宁，她们的全部空间都被爱充满。

寒冷是为了让人血肉咬紧认知，雪落大地更凸显温暖的宝贵。

酷热让人几欲融化，淋漓汗水叙说着母亲养育儿女的辛劳。

幸福的温暖是全人类永远的祈求与感恩……

雷雨夜

大楼在雷的轰炸下摇晃。

骤雨起伏跌宕唱着最得意的歌。

每一次巨响都将漆黑的天空撕出一道裂缝。

每一次闪电都劈窗而入，照见房屋的墙上或粗或细的裂纹、或深或浅的污渍。

没料到，仿佛要掀翻这个世界的一声声霹雳，那么快就渐渐地退去，直至完全消隐。

天空的帷幕厚实而柔美。

大楼稳稳地站立。

房屋的墙安然无恙——是啊，专业人士鉴定过的，那些表面的裂纹与斑渍，不危及墙的坚挺。

夜，格外宁静，弥漫着清新的空气。

我凭窗眺望，天蒙蒙亮了。晨曦已辉映天边。

我、雷雨及至墙、大楼、天空，都痛快淋漓宣泄了一次自己的性情，此刻，都回到平平淡淡的常态了……

痛哭的风

夜深人静，一切都坠入睡梦的深渊。却有风的痛哭隐隐传来。

哭声忽而涌来，忽而远去。哭声沉落低处，那是它痛极而泣，锐利的泪滴掠过梦醒人们的心尖。

我的酣眠被风的痛哭荡涤殆尽。

我忽然记起我们脚下这块高楼密布的土地，过去是一片绿意葱茏的田野，远来的风有时从这里消隐在碧草轻柔的涟漪里，有时歇息在清潭的云影上，有时舞动飘香的稻谷，有时摇响果树上的金铃……

可如今，深情的风想要亲近那片田野，却被森严壁垒的楼群，迎面阻挡。

风被楼群撞击得破碎——破碎的风仍在楼群的夹缝里趺趺撞撞艰难地穿行，痛哭着，寻找昔日的家园……

走在命运手掌上的老人

几乎每个时刻都可以看到这个老人在走。

她走得极慢。

她在趟着浅浅的光阴的水流。

拄着一把雨伞，这样的拐杖，随时能撑起天。

她背离自己的家，在社区这一块空寂的小地方漫无目的地走动……

每一步都把一切移到身后——背离与家人的相处、吃饭，也背离可想而知的寂寞、孤独和郁闷……

她已经很老了，但她拒绝静止，勉力这样行走。

走，是她唯一的享受与消遣，她可以看到各种各样活动着的人、活动着的风景。

上天赐给她一双还能行动的腿脚和一块可以行走的小小地方，这就是命运的安排。

她就走在命运摊开的手掌上，直到有一天，手掌合拢。

（选自《散文诗》2022 年第 1 期）

汉口江滩

王　山

你，在初冬慢慢展开。

几分寂寥，几分从容。

夏日的喧闹渐行渐远，世间浮躁的一切，都如潮水一般，慢慢退去。

江水迂回曲折，依着它，你也就有了江水的身形与柔软，湿润与温情，开阔与淡然。

水陆相连，浮现出一座城市独有的表情。

此时的风，是最好的风。

天空高远。

有人交谈，有人静坐；

有人嬉戏，有人锻炼身体。

蝴蝶在风中悄悄诉说。

有一首歌的旋律，融入水天一色。

夜幕没有预告，一点点降临，星光闪烁在起伏的江面，如同隐隐传来的弦乐的声音。

若有，若无。顺着江水逶迤。

爱，无法言说。也许在我心里，有太多爱你的痕迹。

隐秘心事，究竟可以托付与谁？一切浮现在眼前，最终，都化作了隔岸无声的灯火。

在漫长的追求后，在自由的呼吸里。
终于，可以忘却。
江水在流，江边高楼林立，霓虹闪烁。
一个眺望的人，他心底的泪水无人能见。

站在汉口江滩
你的空旷，就是最大的充实；
你的喧嚣，就是最洁净的安静；
你的现实感，隐藏在超越现实当中。

你的梦幻无人知晓
温情，隐藏在眸光深处。
冬去春来，不随波逐流。
生命的细节，由盛大的相遇与匆匆的离别交替而成。

有一条路走过了，就会如雕如镂；
有一种感觉经历过了，就会余韵不绝。

（选自《散文诗》2022 年第 4 期）

动物的脸谱（三章）

崔国发

空山中的蝉鸣

喊破了嗓子。

在太阳落山之前，又补上几句。连同风中的落尘，飘着，飘着，一点点淡淡的忧郁。

此刻，从远方寺院里传来，隐约的钟声，于莲瓣上粘住：

骨头缝中钻出的，一缕瘦瘦的孤独。

深灰色的幻影，在离离的断枝上，脱口而出，一声声蛹蜕的独语。

它的口气，无休无止地重复。

无病之吟：那单一的尾音，鼓噪着一种悲苦。

薄翅上的月光，柔软，沾一身寒凉的晚露，或者融入

无人而有幽兰的空谷。潜隐之蝉，于茂林之中，大声地念着，一本本寂静之书。

鹳雀之舞

山巅，不小心蹭破了落日。血，在西山上，流了出来。

簌簌抖动一下羽毛。王之涣放飞的那一只鹳雀，翅翼已打开：

一张一合，忽南忽北，忽西忽东，染一身暮晚的云彩。

追着风的影子，振翅，它拍下了，一粒粒空中的尘埃。不用归山，它便可以鸟瞰——

黄河的鱼儿，在游；

老僧的石阶，丢失的竹杖，芒鞋；

远处，一片青苍苍、白茫茫的大海……

再次攀至楼上，我抬头仰望：鹳雀之舞，在千里关山之外，如怀素之狂——

一种失重的自由。心，在这里活了。

隐于夜色的虚无。六根清净，禅影相随，垂垂佛耳，惟可听见：

渐行渐远的，熟稔的天籁。

瘦鸦于飞

纸上涂鸦：刚刚落下最后一笔，那只鸦，便扑闪着一双乌黑的翅，茫然地

飞向寂寞的虬枝。

一万顷薄雾，起自郁郁苍苍的森林，叶落枝秃，窸窸窣窣的风，瑟瑟地抚触，它的一根根粗粝而寒凉的手指。

秋天的瘦鸦，于幽深的林壑间，簌簌地拂落：

蝉与蟋蟀一声声鼓噪的滥调与陈词，或者一次次吞噬，

于神秘的梦幻中飘然掠过，一袭黑衫的影子。

漫天遍野的缥缈——

有雾萦绕，扑朔迷离的存在，它的虚无便不会消失。

（选自《星星·散文诗》2022 年第 7 期）

向南或向北（外三章）

成　路

最近，我口腔里的水汪洋恣肆
堵塞喉头
这面湖泊上
有一根无名指抚过破裂的相框，留下血
我噙着手指和血，等待
一个婚嫁日
丁字路口，黄铜钟
指环，向南或向北，这是他人的选择

象征性地牵住裙角

厦门的夜风有点凉意，我在海边
坐在四年前坐过的椅子上，闭眼睛，一个巨大的虫洞
在眼窝里出现

洞壁螺旋状快速移动：撕裂的我在前进？将要坍塌的洞在倒退？
这已经不是要知晓的问题了，唯感知到洞外的手
象征性地牵住红裙角，拦挡海潮浸湿我抚摩过的脚踝骨

五月初五，在故乡

晨起，在故乡空旷的广场上犯傻
蜘蛛以我脸为支骨织网。此刻，我的眼光很短

看不见网的那边

我本能地抬起手捉蜘蛛，可是
唯有众多雉鸡嘶鸣着忽远忽近，从暖阳里
唤出血滴

故乡呀，你的艾虎，你的艾草，你的雄黄酒
依然在我的四神聪穴上。为何，你痫证的血蜘蛛
也来，蹲在我的鼻梁上

以蜘网的透明焚玻璃的透亮，以及……

海石在玉化着

海水、云朵、沙床，偶尔之间被些许的气息暗示：分点什么
如海石的心给青衣
我清楚地知道，坐在柴环上的青衣
来了，是受柴环的塔建者之约，为世界的缺失补充美质
我也知道，海里的石头依然在玉化
为青衣，也许是单纯为海石本身建设的一个意象世界

（选自《延河》2022 年第 3 期）

故乡的路（外一章）

唐德亮

故乡沙水冲的路，是一条开满鲜花的路。弯弯曲曲的山道，曲径通幽，两旁是逶迤的崇山峻岭，茂林秀竹，最难忘的是一年四季，都有山花在路旁次第盛开。春天，火红的杜鹃，将山路烧成一片云霞；桃红的野牡丹，山间国色，虽无洛阳牡丹那么雍容华贵，但自有其迷人风采；夏日，有白色的茉莉，如银似雪；秋天，有金色的野菊，星光闪耀，将山路点染成金色的海洋；四时还有姹紫嫣红的山稔花，缠树绕枝的牵牛花，灼灼的桃花，将山路摇曳得如梦如幻；那装扮得似花似叶的三角梅，三瓣花，将秋冬的萧瑟赶到山那边；还有洁白的油茶花，香甜，吸引着一只只蜜蜂前来采蜜；山茶花，鲜红、洁白、紫赤、墨淡；日日鲜，四季开不停……

故乡的路，洋溢着花的香甜。故乡的路，簇拥着花的芳菲。

袅娜的身姿，沁人的幽香，绿荫花影，溅起一片诗光梦影。

走在故乡那山花烂漫、七彩缤纷的山路，人心如花，流淌着美丽。一切苦累、愁闷都会被山花的芬芳淹没、荡涤。

故乡的路，是一条长长的赤橙黄绿青蓝紫七色彩绸，在大山间飘逸，缭绕，晚送夕阳，晨迎朝霞。多少回，我走在这一条花团锦簇的山路，我的童年、少年、青年的生命年轮，都刻着山路的崎岖，山花的芳馨，山溪的欢笑，山泉的琴韵，山鸟的鸣奏。更记得，乡亲们在山路上春挑秧苗肥料下田间，夏秋担满满的稻谷健步回地堂，箩担穿花间，笑语撒山道，彩巾擦热汗，山歌飘山野。

故乡的路，又是一根跳动的时代脉搏。从我们村到公社、镇圩，最初是一条田间小路，曲里拐弯，坎坎坷坷，坑坑洼洼，六十年代年中叶，“地动三河铁臂摇”，在上级支持与沿路村庄农民挥锄舞镐洒热汗奋战下，它忽然变身一条简易公路，如同一条银龙，从上草圩直奔大山环抱的沙水冲；九十年代后它又蜕变为水泥路。当年，人们骑着自行车在这儿来来回回，一台台手扶拖拉机、解放牌汽车从这条简易公路上驰过，一声声喇叭喊得欢畅，给山村带来几丝现代文明气息。记得生产队一位飒爽英姿的女社员驾着手扶拖拉机“突突突”地来回奔跑，吸引了多少行人的目光。我踏着这条简易公路走上求学之路，每天早上从沙水冲的家门出发，披着朝霞，沿公路疾走几里地，先后到大队小学、公社中学读书，用脚步丈量青葱的岁月，用知识充实饥渴的头颅。故乡的简易公路，记录了我迎风雨，踏寒霜，来去匆匆的身影。如今，路旁的小学、中学校舍早已撤并废弃，成了寂寥的遗迹。而路旁村庄的一间间农舍，则早由泥砖屋变身富丽堂皇的水泥楼房。

故乡的路，是一条花树掩映、鸟韵相伴、洋溢诗情画意的自然之路，是一条富有磁性的路，时刻都牵引着我的心；是一条甩掉贫穷落后、逐步走向富裕文明的路；是一条刻着历史沧桑的路，一条弥漫乡情的路，一条充满张力的路，一条不断延伸光明与希望的路……

（选自 2022 年 10 月 24 日《广西日报》）

山　月

山月儿快要出来了。

“沙沙”“沙沙”的声音，不就是月的脚步声吗？我和小东，在山脚下的木屋旁，翘首东方，静听月的出生。

哦，出来啦！你看，山尖上，那圆圆的、亮亮的她，正微笑地看着我们哪。

这时，青山、树木、楠竹，还有小溪、木屋，都被月光洗浴得银白银白。

月儿渐渐向我们走近。

家里的小狗，闻到月的芬芳，忍不住跑出来，兴奋地这里舔舔，那边蹿蹿，然后蹲在我们身边，静静地晒月亮。

身边的小溪，看到月光，摇身一变，将绿绸缎变成银绸缎，唱着山歌飘呀飘的，飘向遥远的山外。

树上的鸟儿，本已入梦，忽然被月光晒醒了，叽叽叽，喳喳喳，唱着只有鸟儿们才能听懂的歌。不一会儿，其他各种鸟儿也亢奋起来，“咯咯，咯咯——”“咕咕，咕咕——”“啾啾，啾啾——”地唱着，唱着，山林顿时成了一个大歌台，可热闹啦。

月色笼罩着村前的那片果林，龙眼，荔枝，鸭梨，山竹，香蕉……果香混着月香，沁甜沁甜，我似看到果在一点点地成熟。月色朦胧着山花，山花醉了，在梦境里悄悄地绽开了笑容。

我们走到村口那棵大榕树下，哟，只见地上撒着斑斑点点的碎银，我和小东弯腰欲捡，可一片也捡不起来。抬头看山月，山月笑，我们也笑了。我明白了，这月光是大伙共同拥有的，谁也不能据为己有。

看哪，前面那片稻田，快成熟的稻穗在起舞哩，波浪似的，一波一波往前涌去，又一波一波地往脚下涌来。它们是在为山月而舞吗？是在为浸润着月光的山风而舞吗？

山峦上浮起一层薄雾，那一定是月光编织的轻纱，飘飘忽忽，仿佛是一群仙女在轻柔地飘舞。莫非天庭的仙女也来到了我们的大尖山？

山月越升越高，山月浸着山村的梦。山娃的梦，妈妈的梦，也一定会像山月一样朦胧，山月一样甜美，山月一样深邃迷人吧……

（选自2022年9月13日《江南时报》）

李仙江记（二章）

黄恩鹏

听哈伲人唱《尼嘟啦》

神启在上，礼仪在下。酒在上，水在下。江边的哈尼人在唱酒歌。

那是一首《尼嘟啦》："阿喏尼嘟啦呀，阿喏尼嘟啦呀，嘛磨咧七洒咔咧，阿喏尼嘟啦呀，自巴朵么喏呀尼嘟啦，阿火扎么喏呀呢嘟啦，五扎呢喏呀呢嘟啦，马突突么喏呀呢嘟啦。"

爬上五丫果树，钻进苞谷地，诗意地想象着幽会时唱的情歌——

我想起你呀，我想起你呀，喝酒的时候想起你，吃饭的时候想起你，睡觉的时候想起你，梦里还要梦见你……尼嘟啦，想起你。

一阵风，把歌声吹到了外面。又一阵风，把歌声吹了回来。是一朵云，吹过来一片云絮，再吹过来一团天光。歌声吹着大青树，摇着枝叶漫天飞舞，积攒风声、雨声和雷声。收拢漫天月光。天地灵魂合唱。

山岭亘绵，箐沟、河流多，哈尼人的山歌就多。那些歌，清亮亮，流淌着，脱离低俗的大众流行，自成曲调。歌里流淌着溪河，游动着鱼儿，闪耀着月光。歌声里漂泊着云朵，蠕动着牛羊，飞翔着鸟儿。歌里横亘着汀渚，生着大树小树，长着草，开着花，结着果。

哈尼人的生活里若是没有歌，就没有爱情；没有歌，就听不到水的流响、山的回声、草木的萌发。哈尼青年大胆的表白，是酒宴"酒歌"。

唱一首《嘎尼尼》。

再唱一首《自巴朵》："阿耶涌来自巴朵，阿呢涌来自巴朵，阿耶可面阿呢咧，提打阿切怒呢咧，自巴朵咧，自巴朵。"这首叫《来喝酒》："阿哥来哟来喝酒，阿妹来哟来喝酒，阿哥阿妹一起来，快快乐乐的哟，来喝酒咧，来喝酒。"

哈尼酒歌，调性简单，旋律纯净。敬酒者和被敬者，都要站起来，一方端起一杯酒。一方举高头顶，一杯饮。天在上，地在下。神在上，人在下。一起饮了吧。我们都是神的孩子！

讴故事的哈尼老人

边地曲水，我在这里遇到了一位会讴故事的哈尼老人。

老人以讴故事糊口家庭。年事高了，他不再讴神讴鬼了，他以神灵的闪现，实写自然的流变，喻写人生的轮回。

而我，从这位能讴故事的老人身上，读到的是自然中心主义。

那些远古的密码，曾经短暂地存在。灰烬和锅碗的碎片，抒情里的语言盛宴。语简意长，是内涵丰富的哈尼人的生命风物典藏。

哈泥哈洛。有霜有雾的山顶。或曰：霜雾遮盖的山顶。有茶神传奇演绎。

朵黑列普。喻指人爬不过的箐沟。形容山势较陡，山陡箐深。这里神鬼故事多。

岩红斗虏。有许多石头或悬崖的山。云之神歇脚之地。

嗥雅嗥玛。山的名字。一边是大神，一边是小神。人过嗥雅嗥玛，勿穿白衣，勿穿白鞋，勿骑白马。否则山神惩罚。不能在山上解手，手不能指着，否则惩罚肚子疼。

边地曲水，故事多多，都在山岭的褶皱里、沟谷的罅隙中、兀凸的巉岩上。

哈伲老人的一句话，都会显露朦胧影像。

边地大山和大江，每一座山，每一条河，每一道箐，每一个寨子，每一位热情似火的哈尼人，离我对理想故土魂牵梦绕的思忆，都不遥远。

（选自《星星·散文诗》2022年第10期）

小瀑布（外一章）

郭　辉

水族里，这生养在深山的小瀑布，一直认着自己的命。

——命悬一线。

山中大片大片的时光，化为水滴，溶入其间，漱石枕流，无始无终。

有定力，从不仰天长太息。

闹中取静，顺势而为，延续着自古而然的小奇观。

一条悬空的声带，自上而下，用本地的方言俚语，讲过了又讲，说过了又说，阐述的都是些——只有人间草木，品得出其中况味的民间哲理。

世事如浮云。

临水洗耳——

听是一种快感，不听也是一种快感。

脚步是细密的，平时略大于三寸金莲，有古典美。但在风雨来袭的夜晚，就会暴走起来，暴跳起来，暴啸起来。

宣泄出隐忍经年的冲动，吓得那些湿漉漉的石头，一头雾水，不知所以。

若有谁问起姓名，就会垂下了眉眼，自谦道

——贱姓罗，名溪。

白花花的水飞着，白生生的雾气浮着，多像是佳人隐隐，仙袂飘飘。

这小女子呀，生生世世，都——

命若琴弦。

在悬崖之上，在自行选择的无路之路上，以又有水性又有野性的如歌行板，弹拨着一挂水龙吟。

从没有休止符……

仰　望

许多事物，都是从空中走过来的。

而你静如处女。

我们常常在暗夜，在星子沉落的时刻，看到你将许多想象与祝词，从九霄之上，撒入我们的心灵。

你用阳光照耀我们，用雨水滋润我们，还用六角型的雪花装饰大地。

你使我们拥有父亲和母亲，并且，哺育儿女。

在这片辽阔的乐土，在每一朵浓绿的树荫下，在闪耀着小露珠的花瓣与草尖上，多少生命因为你，而发出了由衷的咏叹！

天神啊——

我们发自内心的感恩，能否成为金色或银色的羽毛，在每一个日子里扶摇直上，徐徐抵达你的庭院。

你让我们为生活而思想，为生命而歌唱。

天行有常。

你的巨大而无形的翅膀，终将成为我们毕生的依附。

我们一直在路上——

大道无极，灵魂如飞！

（选自《星星·散文诗》2022年第12期）

颜色和味道（二章）

杨志学

密云水库的颜色

你的颜色胜过了天空的颜色。

天空虽然很多时候是明净的，但也常常变幻莫测。天空有时候变得浑浊，有时候变得昏暗，有时候还因狂风暴雨的发作而变得恐怖、狰狞。天空想要覆盖住一切，而到头来，一切仍是一切。

而你像一位母亲，有天下最慈爱的面容。你虽然也有伤心落泪的时候，但你永远是平静的，温柔的，不失理性的轨道，不图任何回报，以无私付出为原则。你唯一的祈求和愿望，是儿女们的平安、快乐、幸福！

你的颜色胜过了大海的颜色。

大海虽然是深邃的，但它的深不可测，令世界不安。大海也有平静的时候，但它更多时候是翻卷的，咆哮的，像极了一位专制的暴君，以制造灾难为乐。它已经无边无际了，但它仍在扩张。它想要融化和吞噬一切，最终把自己弄得千疮百孔。

而你像一位少女，有大地上最靓丽的身姿。你是一颗璀璨的明珠，让所有人生出怜爱之心。你永远在发光，永远在闪耀，永远在快乐地歌唱。

你是我们的骄傲，是我们的幸福所系。你回报大地，回报母亲。你是我们的现在，也是我们的未来。

大麦屿的味道

大麦屿的味道，是久违的熟悉的味道，也是陌生化美学的味道。

大——麦——屿！三个汉字的奇妙组合，让外来者舌尖一经触碰，便产生了持久兴奋的味道。

细细品味，在“大麦屿”的名字里，有粮食的味道，有海水的味道，还有坚硬的礁石的味道。

东南沿海小城玉环市，有不少全国性第一；而作为玉环下辖街道的大麦屿，又有一些中国乃至世界第一。比如，随便说一个吧，这里有最为快捷便利的赴台通道，它发送着润滑剂的味道，传递着橄榄枝的味道。再举一例吧，大麦屿的味道，又是林招水的火山茶味道。不查不知道，林招水的火山茶是中国唯一的火山茶，其独特味道，只有亲身品尝之后才会记在心里。

总而言之，言而总之，大麦屿的味道，是物质的味道，也是精神的味道；是点燃创业者激情的味道，也是赐予诗人作家们灵感的味道。

是当我离开它之后，永远在心里回味的味道……

（选自 2022 年 12 月 28 日“一代宗诗”公众号）

第二辑

风景

崂山帖（组章选三）

耿　翔

第一帖

大海下帖。

崂山代表这片山河，在它的最高处，每天接日。

站在大海，浪打浪的岸边，向着东方的崂山，每天都用盐汁的海水，清洗身上的灰尘。从崂山之底，到崂山之腰，再到崂山之顶，彻夜传出，浪涛拍击岩石的声音。那是一草一木，为把焕然一新的面貌，献给照耀万物的太阳：

拎起海水，沐浴自己。

崂山站在，山河迎向大海的前面，能把崭新的日出，接到自己耀眼的巨峰，是一种身份昭示。它也自亘古，就在天地之间，向人间导演，一场接日的实景神戏。大地抬头，在千仞之上的崂顶，一眼看见身边的云海。

或许，是赶海的太阳，对焦那块盖顶石。

每天为崂山，拍下一帧巨峰旭照。

第六帖

满山的莲花，你为何开在，那一年满山黄叶的秋天？

那一年远去，已经四百多年了。那一年的莲花，你有意破了大自然的戒，专为高僧法显，在一座面朝大海的，山上开放了。

那一年的崂山，把自己化身成，供奉的秋莲。

从此你以，一朵花的目光，看从大海上，归来的他，携一身佛光的波涛，直至留下，一把佛骨。

那一年之前，你不会看见，他从长安出发了。他翻过敦煌的鸣沙山，他爬过葱岭的积雪，他在西去的路上。狮子国里，那一把在佛像前，思乡的白绢扇，多么像他。一叶木船，一片海风，归来时，他却闻见你的清香。

他的身影，在那罗佛窟里，映照石纹，多么像莲花的，浆汁涌动。

一座崂山，就是一朵莲花帖。

你心里有佛，你会四时盛开。

第十二帖

下帖到这个时候，崂山，应该送天下一片竹林。

一片依傍，叮咚泉水的竹林。一片能够，送来凤凰鸣叫的竹林。我们被崂山的声色，一路轰鸣的耳根，需要在翠绿的竹林里，安静下来。也需要想象中的，一阵凤鸣之声，落在我们身上，调整山水的心跳。

这个时候，用一山峰峦，一山真水，收进天下人间于怀抱的崂山，把一片竹林，移到我们身边；把一声凤鸣，送进我们心里。

这个时候，崂山也像带着，它的所有风景，陪伴我们，安静地坐在，凤凰鸣琴的山下。

崂山啊把最后，下给人间的帖子，就此篆刻在，一根竹简上。

（选自《青岛文学》2022 年第 7 期）

人与高原（节选）

姚　辉

1

那最先为群山排序的人，始终活在谣曲深处。他找不到衰老的理由，他只能坚持成为山以及风雨牢固的慰藉——

最低矮的山依然记得他的疼痛。那是与旭日有关的疼痛，也是谷物与酒的疼痛。他从墙隙中，抠出祖先失传的身影。他，反复辨认祖先维系苦乐的全部理由——苦难锻造的祖先，一直举着，大束缀满种子的季候。

褐色的山藏着他粗粝的笑。这样的笑，覆盖草木，并不断改变着星空璀璨的位置。

他想躲开那座幸福多年的山——他是它的义子，是顶着山的宿命寻找出路的红色石头，是山影上的火，是山脊不敢遗忘的整根肋骨……

但他仍被紧裹在那座山黛青色的襟抱中，他被山的泪水，反复沾湿。

一座失败过的山，想从他灵肉中，找到桃花新颖的嘱咐。

他，久久望着那座最高的山。他业已习惯的巍峨突然幻化成一种预言——他是预言的命名者——他，掌握着预言的准确度以及分寸。

他把一种山势，递到我和谁颤抖的手上？

3

他在风的脊梁上，写风的守候。

这是什么年月的风？茅草的年月长于所有镰刃的年月。风烈。三千种夜色试图替换风的脊梁——而风，证实了黎明的存在。

陌生的祖父从腰上解下大把风声——黎明，的确存在！

也许所有祖父都是陌生的。他将如何修缮字形上纵横的天色？风给黎明预留的道路逐渐凌乱，但黎明，绝不会错过祖父走过的道路。

他的书写常常出错。他总在为此而羞愧。他无法向风索要那些与祖父有关的书写勇气。

星辰来自漫漫黄土。直到祖屋上的星辰，从千里外捎回一个神圣的错字，他才好像真正找到了群山起伏的理由。他视这颂歌般的字为圭臬，为爱与苦痛最终极的指南，为祖父和山峦共同赐予的赞许。

风与一代代人的回望，被反复传诵。

旭日醒来——

山在各种错综的笔画中，进入盛年。

祖父，不会永远消失。

4

一条河有超越群山的怀念。

它只能怀念。稼穑与帆，错杂。岸记载的时令与多种鱼汛重合。露水映照三种孩童的身影——那些渔歌型火种，还需要谁的怀念？

河在找自己的源头。走了这么远，回溯已变得异常艰辛。但河仍然可以再次进入自己青色的源头。

你被波澜推动，像童话中一个适合朗诵的章节，你调度各种涛声，将曲折的未来拓印在蓝色桨影上。

河，放弃过多少呐喊的水滴？

河重复群山的道路——通过山脊上的云，河传递鱼龙互鉴的历史；它，还将延续哪一种启迪山色的历史？

孩童的诵唱变得灿烂。河与我们的联系，能否继续建立在碑石与布满星月的案头？

——我将山与河的界线移出众多灵肉。

我想让山是河流命定延展的山。

让河，真正成为高原蜿蜒不息的血脉。

（选自《星星·散文诗》2022年第9期）

青山绿水（外一章）

王芬霞

山愈发青了，像豆蔻年华的少女。

我想到山中，醉一次氧。让奇花异草再次缭乱我的双眼。

如果运气好，偶遇一头梅花鹿，我俩惊奇地对视，继而看它惊恐地逃跑；或者追逐一声鸟鸣，采撷一缕野花的清香，摘一个纯净的野果，驱除体内的污染。在山中乘凉、唱歌，倾听大地之肺均匀的呼吸。

我已忘却痛苦。我还要像勇士般披荆斩棘，奋力攀登，到最高处极目远眺。看日出日落，气象万千。不到高处，会错失最美的风景；不到高处，不知山为地之极。

水愈发绿了。山越青，水越绿。

山和水，是恋人，还是姊妹？

没有水的滋润，青山就不会飘扬飞舞的秀发；

没有青山的倾听，流水就会失去知音。

我还要下到谷底，感悟流水的柔情。

不到清流，不知善的源泉；不到绿水，不知爱的深情。

（选自2022年8月29日《永州日报》）

画

春天是一幅花鸟画。花团锦簇，万紫千红，蜂飞蝶舞，鸟语花香。满园春色，令时空错落。看那长发美髯的画家，画着画着，就把春天当作了青春。

夏天是一幅水墨画。落在纸上的墨洇开来，便有了远山泼墨、近水微澜的意境。再洒一滴墨在空白，便有了孤帆远影、碧空无际的浩渺。寄情山水、恣意弄墨的人，面对无限风光，常常丢失了自己。

秋天是一幅油画。阳光照耀，麦浪起伏。白桦林一片金黄。一条河流蜿蜒着流向远方。一片红叶，点燃火一般的情思，那是油画大师列维坦的秋天呢，还是梵高、莫奈的秋天？

冬天是一幅素描。色彩单一，线条简约。寒鸦老树，森林木屋。都是一些静物。一切，仿佛都在沉思；一切，又仿佛都在闭目等待春天。

（选自 2022 年 11 月 24 日《永州日报》）

青岛，海的偏旁（二章）

堆　雪

青岛栈桥

海浪拍遍栏干，仿佛历史翻动书页。

一百多年，这座桥，就像是被风浪打开、又被记忆扣在海上的，一本书的书脊。

走在这条书脊上的人，能够隐约辨认出它的封面和封底上，被海浪和汗血濡湿的字迹。

码头。炮台。巡弋的战舰。矗立的士兵……

汽笛。货轮。跳动的脉搏。悬着的心堤……

一个节节后退的王朝的倒影，哪里才是它，最后的前沿阵地？

二百米长、十米宽的栈桥，足以停靠装卸水雷、上煤运械的船只。但晚清重要的海防、栈道上粗重的铁链，最终没能拦住德军和日寇先后登陆占领的铁蹄。

胶州湾蓝色海风打开的书页，最终成为美丽琴岛被外敌强占的耻辱标记。

从二百米到三百五十米，再到四百四十米，历史云烟中不断延伸的海上栈道，一时成为弱肉强食的贼寇“宣示主权”、轮番走秀的 T 台。

一百多年后，当我们重新踏上这条侵略者曾经昂首走过的秀场，欣赏时代的巨浪拍打出“飞阁回澜”的盛景，是否想到过：栈桥下那些血肉模糊的脊梁、纵横交错的钢构，苦苦支撑的一个民族的肩头？

许是要让所有来这里的人们看到：不论走出多远，这里，都是中国的地界。屹立于桥头的八角楼就是要时刻提醒你：屈辱的历史，就此打住！

所有悲愤和激越的浪涛，都是观澜者眼中，永远的句号。

金沙滩

凤凰掠过海岸，留下一片沙滩。

那凤凰是金凤凰。因此，翅膀幻化的沙滩，也是金色的。

这是传说。很快，就会被一波又一波海浪淹没。

我来到这片沙滩时，正值盛夏的清晨。一涉足绵如丝绸的沙滩，就会感到扑面而来的热风。想必那看不见的凤凰还在，空气中，回荡着翅膀拍打的声音。

海浪，一定是另一对翅膀，不停地溅起现实的浪花与沙粒。

一波又一波浪涛推陈出新，反复修改海岸线的曲度。像是一位少女，对着天空，反复修饰自己的弯眉，和对于美的期望值。

像是传说在传说中被重塑。世界，也在一曲交响乐的推波助澜中，呈螺旋式跃升。没有尘埃，面对无限的辽阔，所有来自心底的歌声，都在浪花中洗过。

最好是赤足蹚进这层层推进的碧波，再向远处跋涉，就能赶上最为壮观的日出。

不一定要在这里拿走金子或耀眼的扇贝。玲珑迷幻的珊瑚，也只藏身于烛光幽暗的水底。

挖一个沙坑，把带过铃铛的双脚和内心坚守不出的秘密，埋进去。你还有更高更远的理想，始终没有机会向星辰提及。那就折一只纸船，趁着海水退潮，把它放到看不见的远处。

走过去，或者躺下来，你都在她澎湃的怀里。万物，因为一双无骨的大手，而变得无比柔顺。

此刻，不以成败论英雄。像一只船，扬帆或搁浅，大海都给它，足够持久的喝彩和掌声。

（选自《星星·散文诗》2022 年第 4 期）

歌鸣之沙（外一章）

香　奴

黄昏的鸣沙山，风的低音暗藏时间的秘密，躺在沙上俯视着月牙泉，直到夜渐渐变深，仰瞻碧落，漫天星河；

《又见敦煌》中，张骞一袭白袍，从舞台尽头缓缓走来："这里是敦煌吗"，"这里真的是敦煌吗"，"我终于回到了大汉的土地上"......每一个来者都是尘沙满面的远归人、一颗辗转在苍茫世界的黄沙，除了借助风发出声响，别无选择。

这里有守候敦煌五十年的人。

他们将被黄沙埋没，成为无边际的沙海中金色的存在，他们在此销蚀的青春，将唱出绿洲的痕迹，他们坚信那些朴素的石壁上开出过惊艳的繁花，生生世世在此飞檐走壁的身影是祖先见过的神仙。

1600多年前的乐尊和尚，身披黄沙的佛衣，走进经书万卷。

信仰，被保护和修葺，被高高举起，归位莫高窟。

站立的沙粒、行走的沙粒、悲哀的沙粒，闻风不解的沙粒，就在这个黄昏，共同歌鸣，最早听到黄沙歌唱的人应该是伯希和，他编著的《敦煌图录》某一天，打动了天下人。

这是沙的觉醒、人类的觉醒、春风的觉醒、莫高窟内众神的觉醒。

万千古人、万千来者，都将来此，看大漠孤烟，叹长河落日，风蚀声、鸣沙声、驼铃声、马蹄声，汉赋和唐诗就在其中。

敦煌研究所从一人到一千多人。现在每一个去参观莫高窟的人，都能听到她们富有感情的讲解。青丝白发，代代传承，不曾断绝。他们是沙的代言者，他们讲述古堡与烽燧、雕塑与刻画。

风沙就在耳边说，你听你听，沙的声音，让你对敦煌顿生了动容和羁绊。

从敦煌到西安，不过短短 2.5 个小时的航程。然而，两千多年前丝绸之路开通，去长安报个信，都死了十多个人，只有一人到达。

时间的概念，今非昔比，一千多年的藏经洞、两千多年的莫高窟、七千多年的丝绸之路。如今，匈奴和大月氏国已消失，张骞和霍去病，解忧公主和相夫公主也已经走远。曾经的喧嚣已变成羌笛一曲，曾经的繁华已变成一把黄沙。

或许在敦煌，观众早已不是观众，而是穿越到过去的历史见证者。穿越时间的束缚，划破岁月的拘禁，俯下身去，捧起一把黄沙，故事就会在掌心里。

拨开尘沙，又见敦煌。

重返扎尕那

逃遁者丢下从郎木寺门外骑来的马匹，混进徒步的人群。

有人轻声祷告、有人大声忏悔、有人无声地流泪。

是谁住在山下的石头城堡里，是谁在半山腰的寺庙里撞响晨钟?

亚当和夏娃弃城而去，把秋天的青稞和牛羊分给东洼村、业日村、达日村、代巴村的藏民，我知道这是神的朴素的馈赠。

一碗酥油茶几块糌粑，一支山歌

人们在途中抵达各自的目的地：亲人、信仰、挂着绿母度像的一面墙。或者神祇、归宿、写着藏汉文字的旅馆。

而我要继续走。

路上有石块、野草、牛粪、零星的格桑，太阳的余晖更接近佛光，一切声音消失，脚步也逐渐摆脱沉重。

重返扎尕那的人都是来还愿的。我们将在此带走遗失的往事和故人。

我们将放下。

今生多得的财富。麦子、果蔬、银两、锦绣。像初来乍到的婴孩，除了哭声，我们一无所有。

约瑟夫洛克在此居住一年，他离开的时候一定携带了某种使命

他在途中抚摸过这些坚韧的石头、黑眼睛的孩子、蒸腾的云朵。

我路过他的空房子。

以后所有重返扎尕那的行者都会路过他的空房子。

亚当和夏娃也会，我们成为神的一部分回到原处。

另外一些，毁于战争、掠夺、灾难，刹那的恶念。

（选自《乌江》2022 年第 3 期）

瞻望（外二章）

王猛仁

从一捧尘土的身体里溢出，有如荒凉困乏的田野，骤然之间，凝成神妙的词句，把内心的痛苦一一披露。

有时，她像我们的思想，以苍白的谶语，踯躅在忧郁的天穹，尽管无声，却时有雪花飞舞。

倘有一天，我们的目光无法摄取美丽的童话，就不如踏着欢快的节奏远足。

我隐约记得，一张憔悴的面孔，透过星星点点，总想让自己潇洒几分，尽管鸽哨不怎么嘹亮。

一首古老的民歌，长时间占据浓云密布的心头，向着枯黄而光秃的林木抒情。

我开始奔波，瞻望，从容不迫地藏起泪水，用繁密的音节浇铸。

就这样，当疾飞的候鸟消失在黑夜，它的光芒依旧从高空落下，将我团团围绕。

午后，我瞥见了洁白无瑕的荣光。

沙　声

站在一线光的肩头瞩望，前方不再是斑斓与沧桑的田园画卷，不再是扎根岁月深处的鲜红记忆。

脚步，如清晨的半帘曙色，在我的心底翻转，像魔方。

久违的一阵沙沙之音，依附于一声蓝色的虚幻。

我们数着遗落的沙粒，看河水暴涨，看我们的诗句，悬挂在阳光照耀的地方，晾晒两个人的爱情。

飘逸于沉默无言的线条与花朵，不停地亲吻着深邈的天空。

无论以何种方式，似乎都维系着俗世的苍凉与独立。

即使流动的热血和粗重的呼吸，被一次次放逐，它们也会从一把琴的弦音里读懂向风而歌的旋律。

仿若一股热流暗合，等待背负尘寰的行囊，匍匐在瑟缩的夜晚。

芳馨馥郁的疼痛，淹没柔弱的身躯。一声声有节奏的轻响，在视野的尽头燃烧。而蛙声，却透明地醒着，清亮，醉人。

复活的雷鸣

潜伏在大海视野里的褐色眼睛，在我唯一的桅杆上静听。

所有因爱情酿造的嘹亮歌声，不由自主地站在河川与湖泊交叉地带，召唤前世未曾遇见的光明。

那些滚滚流淌的平凡之吻，总是立于滔天巨浪的边沿，坚定，沉着，似乎又从容不迫。

那游荡的雾雨，那悠远的暮色，那远航的蝴蝶，正越过彩石与沙砾，拯救昏冥黑夜里闪现的黎明。

莫非你瞥见了阴郁云层下的那只孤雁，在天边暗紫的残霞暮霭里飞行？

寂寞与痛苦陈列在岩石上，喷火的烈日会晒黑白马飞驰的群山。

我已听惯了闪闪发光的雷鸣。

小岛膨胀了。

只有渔夫的小屋，雪白，明亮，像海鸟振动的双翼，扑打着眺望的窗棂。

我看到大片大片的雪浪，漫过堤岸，漫过栀子花盛开的春天，倾泻无韵的抒情诗行。

直到最远的距离充满心灵，直到汹涌澎湃的激情布满我的周身。

（选自《散文诗》2022 年第 8 期）

敬亭山随想曲

心　亦

序　曲

月明星稀。白昼，躲进众鸟的眼睛。

皖南敬亭山海拔仅 324.1 米，却被李白用二十字的五言绝句镶嵌于穹顶。

飞鸟裁剪光影。双翅在天空的册页里，翻读时令。

翻动的光阴，贴近地面草丛，刻画出“昙花”弱不禁风的眩晕。翱翔飞升，就会拥有俯视的高度。潦草的山形，复活出唐代张旭“具万象于一象”的草书《心经》。鸟群，无数次短暂脱离物欲的飞临，都是在为敬亭山反反复复地配音。

第一乐章　时光

时间自主地开花。敬亭山忘了年龄。

风平浪静。内心最适宜放养鸽群。

飞檐搀扶广教寺，怀抱一弯新月唱经。抑扬顿挫千余年，顺势蜕变成草叶上露珠的圆润。

好雨，随风潜入夜；佛陀，润物细无声。敬亭山盘坐于音像文本的沉淀里，安身立命。

鸽子银色的披风，被夕阳镀上了厚厚的金粉。一尊飞佛凝视晚霞，碎入水声。春风散进，琴师隐身，蜜蜂弹奏杏花的每一片嘴唇。花蕊围坐成不规则的盘形，即兴演奏嫩芽状的颤音。时光，哪里会等人？

第二乐章　夜

山下灯火，匆忙为登山者修补遗忘许久的视听。

温度岛玲珑剔透：浸润着远眺的宁静。

夜空是一张充满怀想，且要追听的唱片，高悬于头顶。

自西向东，山脊卧成十里唱针；敬亭“独坐楼”毕恭毕敬地凝听。

夜色驮起桨声，众星入水，追赶湖面皱纹。

敬亭湖，已老去！月牙儿，又新生！夜色中的湖，如张开的巨耳，正在屏息凝听天空深渊般的幽静。

第三乐章　诗人

李白抖开长袖，举杯狂饮。

风，裁去了齐腕处以外，逆光而空洞的部分。

须发亮出白旗。蓬松卷曲的栅栏里，囚禁着时间的敌人。

湖边的芦苇，使劲地拔节，包裹起与生俱来的空心。折下，做成芦苇笛；诗人的气息，让它瞬间充盈。

抽刀断水处，激流猛烈冲刷着岸边的野。

灯光里，抽身离开的是词语千锤百炼的缩影；泼墨中，迅速成为夜色最黑最硬最沉的，是诗人内敛的合金！

与夜色对峙，在黑暗中独醒。

聚拢一生，只为翅膀裂开绝美的抒情。灯火洞穿黑暗，它是夜色里唯一的清醒，或引领……

眼中，不仅仅有风景，还有敬亭山骨骼里的安静。

第四乐章　云曲

云舒，云卷。即使天边的风，也吹不淡比云更高远的湛蓝。

那朵孤云，早已化作密密的芦花，茂盛地生长在湖边。

风声，雨声，和昆虫的呢喃。摇曳的芦苇，是千年不改的容颜。

总会有几朵祥云，在左右伴行。当夜晚的蜜被慢慢耗尽，鸟语的飞白正在干净的宣纸上，悄悄落阵。

风铃摇动清静。从唐诗里私奔出来的云，突然间苏醒，惊吓得千年寿纸之上，黑白分明的诗句，屏住呼吸，一声不吭。

尾　声

物语中，能够封存为灵魂的晶体，并不是漫山遍野的花粉，而是那些花瓣和花蕊，日积月累的柔韧。

花朵，永远不会死，只会静静老成敬亭山的果实。

（选自 2022 年 1 月 18 日《敬亭山文学》微信公号）

走过韵沟

郝子奇

1

没有人知道，是什么样的手，分开了连绵起伏的山脉，挖出了惊心动魄的峡谷。

悬崖裸露。那些被撕裂的山的肌肉，已经流干了时间的血。

把岁月变成五颜六色的石块，被历史揉在一起，仿佛年轻的历史玩过的泥土，丢弃在山坡，或者山口的断层上。风雨，一层又一层。沧桑，一层又一层。跳动着不曾老去的绚丽，凝固着岁月无法说出的变幻。

在嵩山峡谷，很多行走的人，像我，无法找到石头里的秘密，被灿烂的阳光拥挤着，正在穿过一个姓氏命名的村庄——韵沟。

2

最早，挖出泥土，凿出窑洞的人，已经隐身在山谷深处。

旧时代的窑洞，烟迹斑驳。多少的日子，不灭的柴火，温暖了山谷的啼哭。

大雪封门的日子，翻山而归的人，要拍尽怎样的风霜，被无法消散的炊烟呛出了含了一路的泪水。

岁月久远。时光不言。那个凿出窑洞的人，跋涉了怎样的战火。群山无序，沟谷闭合，他放下了自己的姓氏，为一个村庄命名。

依山散落的窑洞，这山脉缝结的纽扣，让多少人把沉重的山峦穿在身上。风尘轮回。四季反复。照过战火的日月，一直与山谷同在，抱着大风中摇晃的庄稼，抱着

风雨中带着大山在田野里躬耕的人。

3

献身的人，都有着神圣的使命。

在山顶上流尽鲜血的人，已经挡住了罪恶的子弹。他像山峦一样躺下来。和平花开，草木蓬勃。之朴学校（英雄的名字）里，向五星红旗行注目礼的少年，目光正掠过山峦的云空，朝霞纷飞，庄严的小手，正被一点点染红。

改变山谷的手，从没停下过劳动。

山脉坚硬。用祖先挖出窑洞的方法打出隧道的人，听到了山外钢铁的撞击。

背着乡村上路的人，挤进了城市的街道。他们建设着城市，也被拥挤的城市挤痛。他们用播种玉米的手，在钢筋水泥，在流水线上，种下梦想，也种下不能丢下的乡村。他们的忙碌，是一个世纪的忙碌。他们在城乡间的往返，是一个世纪的缩影。

乡间的道路一再拓宽。古老的窑洞旁，楼房林立，错落着别样的风景。

而我，在宽阔的柏油路上，无法找到旧时的泥泞。

漂亮的楼房前，城里来的驻村队员，正说着更多的计划，规划着最后迁出窑洞的老人。

4

寻找星光的人，看到了更多的浮云。

夜幕倾斜。山谷迷茫。我坐在韵沟的高处，等待着云层出现裂缝。

再久远的风，也不能吹灭天上的灯盏。在这块倾斜的山坡上，有过无数人，在我之前，仰望过星空。

灯火隐现，薄雾腾空。灯火里的村庄，若隐若现，有着现代的秘密。而古老的幸福，在窗帘后面，从不告人。

摄影的无人机，高过了夜鸟的翅膀。更黑的深处，秋虫呼吸，在谈着明天的事情。蜘蛛的网络上，爬满了5G信号，山外的喧嚣，跳出手机屏幕，已经潜入安静的乡村。

5

现在。山峦停止了挺拔。峡谷停止了扭动。只有岁月还在拍打着岩石上的皱纹。

峰峦叠嶂。那只巨大的手，给兽留出了草木，给鸟留出了天空，给人留出了

生生不息的流水、大地和永恒。

石头上的喜鹊，还穿着古老的黑自衣衫（现在仍然是流行色），不慌，不忙，悠然地看着惊叹的人群。

从沟底起飞的乌鸦，展开黑色的翅膀，撞击着风的心脏，落在高处的草丛中，低头沉默，不肯说出不祥的预言。

深秋的山顶。我被堆砌的季节不断抬高。万千气象在峡谷涌动。忙碌的万物，不断变化，各安共命。

柿子。高粱。玉米。谷子。红薯。大豆。多么古老的生长和成熟。

庄稼地里，那些微微凸起的坟堆，已被野花相拥。睡着的人，他们刨开了泥土，又被泥土封存。

生生不息。一个村庄，在秋天，被我看到了丰收，因为岁月沉重，一切都弯下了苍老的腰身。

6

我走后，秋天，还会再来。

枯萎的草木，再绿，再黄，再红。

收割过饱满的庄稼，放不下岁月的老人，会用剩下的勤劳把种子存好，交给他从城市回来的子孙。

不管多么漫长的岁月，种子，仍然是土地的主人。

老去的是历史。辽阔的山脉，古老的村庄，因为种子的萌芽，婴儿的啼哭，在沧桑的岁月，一再年轻。

注：韵沟村位于河南郑州市巩义市夹津口镇

（选自《沫水》2022 年冬之卷）

甘南笔记（二章）

牧　风

迭山横雪

冰雪的翅膀都冻僵了，鹰隼怎么高耸入云。

一群野鹿与静守猎物的狼群对视，而雪豹与马熊、岩羊藏在紫果云杉里谛听胜利者的荣归。

一切都始料未及，眼前雪色凝聚，群峰耸立，把对迭山的眷恋吟唱成如歌散板。

这是喀斯特地貌最原始的天然博物馆，这里是奇珍树种和珍稀动物、原始生物的基因库，甘南最美的古生物化石乐园。

我是一只普通的秃鹫，在这空旷寂寞的峡谷嘶鸣，而连绵起伏的迭山如沉寂千年的岩石，连眼眸都不眨动。整个茫茫雪岭，只是自然界的独角戏。

这叠山横雪依旧，无视我的存在，无视生灵的存在。我的翅膀已僵硬，我的嗓门已沙哑，连一句像样的话都说不出；在一阵寒战中翻身坐起，竟是惊梦一场。

阿玛周措

羊群在牧人的追赶中爬上险峻的白石山脉，山脚下的湖水如一只硕大的眼眸眨动着，睫毛闭合中不断舒展的涟漪划成时光的鳞片。

已是深秋，面露沧桑的阿玛周措，在经幡飞动中凝望那一池生命之水。那汉藏传承的千年故事里，我看见明将常遇春策马挥鞭，顷刻间穿越波光粼粼，把马缰一抛，饮马泉边踱步前行，运筹帷幄。

数千米狭长地带，一汪秋水泪光莹莹。有洮州花儿随风而起，那歌谣直逼众人的耳鼓，余音袅袅，挥之不去。

湖畔有马队穿梭，铜铃声声，阵阵嘶鸣，四蹄强劲，在期待驾驭之人。

抬头仰望，天空大片大片的鳞状云影，在女神阿玛周措的身体里演绎着冶力关的传奇和神话。

远处，山顶上羊群和云雀把身影张贴在峡谷巨大的镜面上，与古老的历史融为一体，成为尘世记忆的原色。

注：阿玛周措，藏语，意为冶海湖。

（选自《星星·散文诗》2022年第8期）

小麻雀与小鱼儿（二章）

鲁　橹

洞庭湖的小麻雀

在沙船、芦苇荡、水洲子，抑或艄公的桨片上，小麻雀，调皮的拉高洞庭湖的海拔和宽度，

她以为，眼前这一片偌大的湖水，足够她试验羽翼，足够滋润她渐渐红而壮实的脚蹼，她的双眼，会慢慢锻炼成像老鹰那样的凌厉，又像小水鸭那样的机警。

最大胆的试验是：她在一次发大水的节令里，给乌云送上过惊颤的羽毛，在闪电尚未撤销的芦苇荡，她短短的嘴唇喊过同伴的名字，照顾家族成员，她很有些领袖的魄力。但湖风强劲，波诡云谲时，无法找到安顿的巢穴。

她瑟瑟，真如一只惊弓之鸟，浩瀚大湖也未能激发出雄风匪气。她一度满足的水域，深藏在八百里洞庭的炊烟里，那停下来的舫橹舟楫，吃过了水深水浅，停泊的港湾，人烟像南方的棉田，纯洁，有收获后的和谐安宁。

她无法原谅自己在风浪乍起时的无知莽撞，惊慌失措。洞庭湖不需要这样羽毛稀缺的雀鸟，那些搏击长空的才是大水域的英雄。

是该作别了。远方虽然并未露出真实的轮廓，但，出发，必须义无反顾。不管异乡有怎样的试验场，羽毛坚硬且丰满，抵抗突如其来的大风大浪，是作为一只麻雀的一生必得要完成的仪式。对一片水域的慰藉，得拿另一片水域的高度来表达。

这只洞庭湖的小麻雀，如今有了自己的屋檐。像安慰一个后

方，洞庭湖，认可了一只出生于它的雀鸟，并付予了她一片更为辽阔的疆场，天空足够大，她只需重新定制翅膀的高度。

送小鱼儿归大海

小溪流凸起的一块岩石，绿苔滑落，像流水最后一次生存，需要推出一个英雄——

小鱼儿趴在绿苔上，它不能晒太阳，多一秒都是致命；

冥冥中遭遇的手，是拯救，是呼喊，是心灵事件。

小鱼儿回应了她。小鱼儿睁开的眼睛那么亮，像小星星。哦，小星星会跟小鱼儿玩，小鱼儿的左眼跟右眼玩，尾巴跟鱼鳞玩，肚皮和脊背玩，内脏和血液玩——

它们多么活泼啊，全身心的感应着一只温暖的手，感应着一颗回归大海的心；大海也是欢呼的。它期待着这个相逢，它动用每一朵浪花，列队；每一片礁石，立正；每一只鸥鸟，鼓掌；它甚至，叫停了一艘疾速行驶的帆船，停一下，请停一下，不要让翻滚的波涛吓着小鱼儿；

让小鱼儿顺顺利利地回到大海，

小鱼儿是幸福的，它遭遇了那个千里奔袭的人，

大海也是幸福的，它遭遇了那个千里奔袭的人，

这个千里奔袭的人是幸福的，她遭遇了小鱼儿，她终于，看见了大海！

（选自《散文诗》2022 年 10 月上半月刊）

仙女湖之夜（三章）

夜　鱼

水中树

一棵独立于水中的树与岸边的树有什么不同？毫无牵绊地婆娑，水镜里，三百六十度无一不美的清姿，貌似一口仙气。“旱柳”？ 你与俗世命名之间形成的悖论，只能困扰岸上的观者，与你全然无涉。

又或者物极必反，岸上的人们，也有沉没大水式的“旱”。瞧，水库边的山坡，半裸出一毛不生的丑陋，那是欲望的斧头砍削出的光秃。若不是沿岸芦花恣睢又柔软的缓冲，仙气碰壁的尴尬，整个水域将黯然失色。

当然，我说的不是风景对风景的成全。

这里是我们祖辈的安息之地，我们本可以无羞无愧地祭拜，甚至抒情。

太婆尖

群山庞然的沉寂里，一辆车固执前行。九曲十八弯的颠簸中，副驾座上的我不关心路况，只顾着撷取满眼碧蓝的涌动，天空像海一样倒挂在头顶，就要触及浪花般的白云。

最后一截陡坡，下车，攀缘登临眺望，半小时前刚刚穿梭过的人间村落，已小如灰扑扑的旧年积木，散落在山间各处。

终于站在了幕阜山此境内的最高处，但我并不能就此笑指江山。莫名迸发的自大得意，与身体瞬间抵触，产生的晕眩，风掠树叶般袭击了你。蹲下，手扶太婆尖的水泥地标台……

恍惚间我成了传说中终老山中的妇人，开垦栽种品茗，悠然自得的香气拂过十几载后，生命中最后一场大雪，铺天盖地降临。

是的，如果围剿我的冰封不期而至，我愿意做的也是收拢茶籽，包扎好，然后梳洗理妆，在满山阴寒的空旷里，微笑着，目光要最后一次摩挲爱过的事物。

这一生，无论对人对世，若互有馈赠，便没有什么遗憾了。

下山途中，我再次放心地把远方交给了选定的驾驶者。

遗落在沼山冷雨中的狗血桃

这一年的春一派寒色，整个沼山浸泡在冷水中，已抱不住桃枝的瑟缩。甜美多汁的狗血桃，连同乡土味十足的命名，都已是陈年旧事，在颤抖的唇上徒留一缕幻梦的血色。

花骨朵儿还是要竭力绽放，她的魂魄，多肆虐的风雨也镇压不住。走近她，气息依然纯粹，结不出硕果，也要坚持抱紧自己的清芬。

从来与晴朗后漫山遍野的抒情无涉，花有花的宇宙，即便抓不住枝头，飞坠而下的姿态也是生命的轨迹，忧伤是庸人杜撰的，她的香气只是香气本身。

我小心翼翼，尽可能轻，不扰树下同赏者的忆旧，与凭空的抒情不同，曾在童年唇舌上香甜流溢的慰藉，是支撑她一路跌宕一路汹涌的源头。

（选自《星星·散文诗》2022 年第 4 期）

高原行记（组章）

王　妃

石头与玉

养在深闺无人识的石头，不是淳朴的边民垒起的，不是在游客脚边被踢来踢去的。是你盈握在手心的，给你安全、温热和喜悦的——

乳房一样的石头。

在暗夜里，像淡淡的月痕，像纳木错的湖水，有飞翔和涌动着的横纹。

你舍不得松手。有乳汁流进生命。是你幸福的源头。

那石头啊，是小母亲温润的玉。养育着你。

石头与誓言

因缺氧而呈乌色的嘴唇，在石头面前颤抖着念念有词：舍利子，是诸法空相，不生不灭，不垢不净，不增不减。

转经筒在风中沉默，有一股前人推送的闷响在筒内膨胀。

你来过，我来过。石头上有你的指纹，指纹里有我的体温。

我记得那雨天，你粗重的呼吸把雨声压得很低很沉，仿佛石头堵在我的心口。

雨过天晴，仿佛世界换了新的天地。车轮带走了行旅人的疲惫，我把吻印在小小的石头上，把誓言留在雪域高原的风雪里。

石头与湖水

我是一个怀揣着石头奔赴羊湖的人。

这石头里藏着血，藏着泪，藏着太多的爱和无奈。

排着长龙的车队缓慢攀升，钢铁也有坚定的虔诚心。天空高远，云朵下凡，我想把石头掏出来让白云擦一擦，让湖水洗一洗，让石头还原为石头。

坐在羊湖边，湛蓝的湖水照见我肿胀的双眼和乌紫的嘴唇。

好想纵身一跃啊!

我愿那深涧里的油菜花只开不败，我愿那湖水洗掉所有的行迹，洗掉你，洗净我自己。

因为呀，只有纯洁的石头才配得上羊湖。

石头与女人

有信仰的人多么幸福。

他们拜绿度母、白度母，拨着转经筒，走山路走水路走天路，灵魂登着梯子进入轮回大道。他们口中念念有词，在金盏花、果汁阳台、格桑花盛开的

石头垒起的宫殿里，瞻仰松赞干布和诸位高僧大德。

文成公主柔弱偏坐于一隅，以和亲的姿势，成为神权的陪衬。

她线条纤细，有大汉的硬气撑着，在海拔 3700 米的扎西次仁山上稳稳扎根。

她的眼神温顺如一头母鹿，我愿

那是对爱情的屈从。

（选自《星星·散文诗》2022 年第 4 期）

潇贺古道（二章）

王忠民

火把上的舞蹈

火把，点亮了瑶家的日子。

红红火火的歌声，牵出月亮，映红了阿妹的脸。

一滴滴酒舞蹈起来，跳出一片幸福的花海。

火把上的舞蹈是犁铧开出的花朵，出嫁的路上，是一帧灵动的画卷。

跳唱之间，我们的情谊蓬勃。我的爱，如火把，蔓延着无限的眷恋。

在这片古老而迷人的土地上，遍布丰收的喜讯，爱情的甜蜜，升腾的希望，以及一年又一年发生了但永不生锈的故事。

月　岩

迈着轻盈皎洁的步伐，从群峰叠翠中凿出一弯举世瞩目的新月。

从飞天曼舞的衣袖里，我看见你流淌的月光很丰满也很温暖。

月亮的手触摸自然之境，给惊羡的眸子留下悦目赏心的机缘。

清晨的阳光穿洞而过，仿佛把蓄满岁月深处的摩崖望眼欲穿。

亲近大自然，倾听天籁，从小就倾听月岩神奇故事的我，和月岩一样充满了智慧和生气。

潇水的波涛永远不会干涸，都庞岭的乳汁养育了在月岩独处悟道的周敦颐。

月岩的历史永远不会搁浅，大自然的洒脱胸襟与仙风道骨让我敬仰膜拜。

在这里，浑涵造化的哲理飘逸着诗情画意。

在这里，参悟闪耀的星辰恒久着济世箴言。

而我内心的日月，始终萦绕着理学渊源的智慧的花朵，在天籁般的音律中回归与升迁。

月岩的梦，伸出记忆的枝头，呼唤我们，用信念的根须延伸为生命的阡陌，从而走向一个个开花的春天……

（选自《星星·散文诗》2022年第6期）

蒙古马传奇（三章）

燕南飞

与一只鹰平分大漠

与一只鹰平分大漠上的孤独。

以一柱炊烟为界，老阿妈一勺一勺舀着光阴。

它在拴马桩上模仿孩子们的渴望：奔跑的流水，飘逸的歌声，以及山脊上贫瘠的爱情，都可以像一只鸟的影子一样，凿刻大地和悬崖。

古道上，每一匹老马都是一个披头散发的行者。大漠，就是它的江湖，也是它一夜一夜雕刻的春秋。像一叶小舟，顷刻间就过了渡口，用一滴水声或者风声洗一洗白头。

你说，我能否用一块蹄铁换一笔风流？

比如凿碑的人，写不动自己的名字了。

比如归途上，一匹马累了。

它把绝版的相思与老鹰共同执掌：蝶恋花香，浣溪沙冷，我要去西江月的光芒中与你相遇。

一剪东风中，你顺手就替我取了边关。

一根老骨敲着失传的月亮。

用万里苍茫丈量终身

风雪涨。

它将傲骨和热血伏在地上。圣洁的王冠，困住一个不羁的灵魂，用万里苍茫丈量终身，再用千钧一发时的嘶鸣，救下一夜枯草的呻吟。

入世。

舍这一身筋骨，只为换回蹄铁那么大的悲悯。

一枕冷月，你爱不爱？

一寸江山，你爱不爱？

我在这风雪路上，空负了几多闲愁，山野都如此空了，你怎的还不来与我共掌河山？

说英雄，不过是半山风雪半山泪，中流击水的是你前世的故人。

到今世，哪怕是纵身一跃，北风敲碎了铮铮铁骨——

我与一条路的恩怨，恐怕要用旷野那么大的信简，才能写完。

驮着一座江山

是它驮着一座江山在走。

八百年的铃声尚未生锈，阳关路上，咱们与无名无姓的烟火生死与共。留在路上的，是缰绳那么长的叹息；活在路上的，是为找到下一个路口问路。

哎。三百年的草香，被马蹄声领回来了。

三百年的墨香，也被马蹄声领回来了。

那个领回一匹老马的人，挥一挥手，就将一声叹息，按在马背上：我深爱每一粒沙子和每一个黄昏的落日，也深爱每一壶酒那么惊心动魄的时光。

能不能把绝顶上的风骨领回来呢？

我愿意用骨子里修行千年的笔墨和美酒，换一夜就能在东风里脱胎换骨。

苦海是谁积攒的泪？

快来渡我。

是它驮着一片苦海在走。

像一艘摇摇晃晃的小舟。

一片叶子上载着马儿的孤独。它，把心里一瓣一瓣的疼痛，分发给孤独的脚步声。

最美的归途，就是被万水千山埋了。

（选自《散文百家》2022年第10期）

流水（外一章）

庞　白

河边那些草，一部分枯黄了，另一部分刚刚返青。

河里的水，经年流浪，方得以汇聚于此。这是我始料未及，也是才明白的。

它们饱满，像喂奶的少妇，所过之处，滋润青绿，也滋润枯黄，还滋润灰白的石头以及其他颜色。

河心有沙洲，沙洲有芨芨草、沙棘、沙生槐、蔷薇……它们长在八月，等我来。

八月，我穿过遍布石子的平坡，来到河边。

河里，都是阳光的味道。

我拾起河边一颗石子，托在掌心，把高原温热的重量举过额头。

连绵起伏的山峰上，太阳西斜的倒影，一会亮，一会暗，刻画无边蔚蓝。

蓝色之旅向南流，有洪波

漫天蓝，瞬间升起的缤纷。看，多像忧伤，多像快乐，多像站立——

大容山南侧出山，自北向南。然后，在北部湾畔，看见期待已久大海的飞翔和奔放。

而这里远远不仅仅只是大海。

在这里，还将看到无数人的凝视、恍惚、呢喃、高歌，以及沉寂和死亡。

上天安排每一个人，生活在每一个地方，在各自的生命历程中，奔波、劳累和收获；安排每一座山，每一条河，每一片海，以各自的形态呈现，展示神秘、丰富和风姿，都有缘由，而且恰逢其时。

南流江和北部湾交汇，就再次验证了清浅和深不可测互通，波澜不惊也可洪波涌起。

（选自《诗刊》2022年7月号下半月刊）

日落与日出

李　成

落　日

落日是一部神话的终结。落日是一部大剧的徐徐落幕。

我曾无数次凝视那一轮鲜红的太阳，由光芒万丈变得柔和、温驯，由桀骜不羁变得平静安详，由不可直视变得羞红了脸——仿佛不敢正视看它的人；由英姿勃发的男儿变成一个腼腆含蓄的村女……我内心的大海也荡起了静静的波涛，甚至有了一丝痛惜、一种留恋不舍、一种婉转百折的牵念……

随着落日的来临，大地也倾向于静默。白昼那喧腾的集市开始散去，大道上无数急切的车辆在追寻另一种急切，不是那么热烈地向往加入某种沸腾的中心，而从中退出，急速地返回来处与归宿，归于本原，所以总有一份急流勇退的绝决，有一种奔向安静的执着与告别的冷静。而都市所有的脉管——那些街巷，那些延伸出来的道路，也不再往心脏输送动力，而是向四肢百骸发散：一切松弛下来。

至于大地上的动物也有了另一种惶急。已经有了洞穴的，它们正急急地走上返回的道路，而没有家或家被捣毁了的，更是急急忙忙地寻找自己的藏身处；连归鸦也发出凄哑的啼唤。灌木和草丛的阴影大了起来，这更加剧了它们的惊慌。而找到了一枝栖的鸟儿，终于在那小小的巢窠与家人相聚，欢鸣声透出的安定与满足，让人忍不住也要分享它们的喜悦。

但无论如何，落日总会来临。满世界的金光灿烂，满世界的山明水秀锦绣斑斓，终究要让位于黑咕隆咚，要让位于一点一点渗透上来的深渊，让位于一张全面围合的大幕，让位于一只先是格外巨大后来不知道多大，或者只有一只火柴盒那么大的木头匣子，牢牢地钉上了盖子。

太阳已经消失了！蓝天白云已经消失了！那从漫天紫云中徐徐下坠的一盏神秘的宫灯，早已被波浪似的群山吞没了，不剩一点核儿，一剩一缕光芒！它去了不知什么地方，它去了说不清的地方。谁也说不出它当下的现状，谁也说不清它是心甘情愿还是束手就擒不痛不快，是暂时还是永远，是生离还是死别？

它今晚将宿于一张什么样的眠床。这只英勇的狮子，战斗了一生的狮子，它终于年迈力衰，终于筋疲力尽，心血耗光，希望它有一张眠床，让它静静地躺上去，阖上眼，静静地躺着，就这么静静地躺着，希望它失去的心血还会一点一滴地回旋到它身上……

好消息还是存在，天地间并没有完全被黑暗占据，那幽黯的天幕，终于被什么戳破了几只窟窿，露出了点点星光……

于是，大地上的万物也开始找回了一点自己的形状……

日　出

在地球上，每天都经历一次开天辟地。而那个开天辟地的人就是太阳。

太阳就是远古的盘古。他是憨厚的，他的圆圆的红红的脸证明了他内心的纯洁。他满心里都储藏着光明。他来到天地间，来到人世，就只想做一件事，给大地和人们送来大片大片的光明。

但毫无疑问，他生于黑夜。深渊一般的黑夜，黑夜一般的深渊，仿佛有千万座大山叠加在头顶。但他就这么醒来了，睁开了一道微微的眼缝；他的内心还很小，就像一粒幼芽，开始爆发微微的一点灰绿。

紧接着，那绿便开始生长；紧接着，那眼缝间便泄出幽微的一道光。而正是这绿的稍稍膨胀，正是那一道弱光，天与地严丝合缝的咬合有了一点松动，天与地之间有了一道若隐若现的罅隙。

这罅隙在扩大，在漫延。那太阳像是刚睡醒，轻轻地动了动他的下颌，抬了抬头；而天与地便脱离开来，尤其是天，开始冉冉上升。而随着它的上升，从太阳那里流出的光便铺展到大地与天空上，而天地敷上了不同的颜色。大地还是以深沉的黑色为主，而天空却涂染了不同的色彩，白、蓝、黛，而更多的、越来越多的是紫色和红色，斑斓、鲜艳；而这一切都预示着舞台已经搭就，帷幕已经打开，只等那主角开始登场——

而现在，一个全新的人物终于登上舞台。他是从里到外、从头到脚都是崭新，没有一丝一毫旧的搀杂。他一扫曾经的落日的软弱、温和、羞怯、腼腆或者说迟疑、犹豫、怯懦；他像从深渊里哗啦一下子跳将出来，而且不由分说地扯掉了一切裹缠，他以赤裸的面庞、实际上也是赤裸的身躯面世；他大步流星、雄健毫迈地从幕后出来，他英姿飒爽、他风华初露却仿佛已至鼎盛。他是那么饱满，是那么沉稳、干练，然而却又那么轻盈、从容，他没一点拖泥带水，他静若处子，然而实在是快捷的雄风……

啊，他是那么地朗畅。他就像冶金炉里刚冶炼出来的白金、纯钢，他通体都闪耀着、放射着光芒，纯一不杂的光芒把天空变成了一座金磬辉煌的殿堂，大地顿时变成一幅壮观的彩画。他的纯金纯银的光芒一直在辐射，他在开疆拓土，他在宇宙空间——黑暗的、幽寂的宇宙空间开拓出一个生机勃勃、处处生长希望与可能的光明的空间。一个全新的太阳系，一个辉煌的太阳帝国！

终于，他从地平线上一跃而起，他浑身都充满力量。他就像一个点石成金的园艺家，他那金色的光辉所到之处都把泥土唤醒。他是掮着巨斧的农夫，他的巨斧是圆的，就是他本身。他所向披靡，他用斧头劈出了一个全新的世界，他把大海、一条条江河、一座座山岳、一片片陆地、一块块森林都安排妥当，把大地上的一切都布置完善，然后，仿佛有不竭的精力辐射向万物，连一棵小草、一颗种子、一只昆虫都不撇下，向它们身上灌注无穷的热，无穷的激情，无穷的力量！

万物像群山和大海一样，匍匐在大地上，却都在他的感召下，向上生长，向上拔节，向上跳动踊跃；大地上涌起高高的、无穷的波浪，那是力的宣扬……

（原载《散文诗》青年版 2022 年第 6 期）

重庆浪潮（二章）

杨胜应

长江吟

白雪做的屋顶。

波涛做的院子。

丈量山河壮丽，她永远最急。有时候踮起脚尖丈量，有时候转着弯探寻，有时候很柔和，有时候非常急切，留下了山峡的速度，让整座山城一直奔跑在追赶的路上。热爱生活，她比巫山神女更有深度，留下的船工号子让踏浪而歌者一直在返乡的道路上。

曾经在沿海捡取过她的浪花，那和泪水一样晶莹的液体，与汗水一样带着盐味。

此刻站在触摸屋顶的阶梯，还没有到达雪原，却看见了雪。白发一样的雪，针尖一样想要返程。

每次从四川回到重庆，都像她的浪潮在涌动。

每次在渝东南点灯，都像暴露出了她暗藏在心里最深处的礁石。

她是充满母性光辉的流水。

她是涌动不断的长江吟。

乌江故事

一路环佩叮当。

满山细碎月光。

在乌江的边上，有着出嫁后肚子微微隆起山川之美的苗家姑娘。叮当是歌谣，叮当是欢唱，唯有冉冉升起的太阳，才能够照亮她们黝黑的面庞。月光是银饰嫁妆在渝黔两地倾城的美，五谷丰登才适宜嫁娶。流泪时是哭嫁歌，微笑时是春光美。

瘦瘦的、辣辣的乌江，在黔北及渝东南的群山里跑来跑去，一会儿追着太阳跑，一会儿追着月亮跑。在沿河喝过乌江水做的米酒，在涪陵才说出流水发光的醉话。

披头散发、打滚撒泼、大喊大叫者，皆不是少年。

沉默不语、低头苦思、不断抬头仰望者，皆为长者。

听不见声音了的，都是跟随乌江走远了的青年，都是被长江再往前推了一把的中年。

被月光扣留的，不仅仅是一座接一座的山峦，还有一道又一道的深谷。

（选自《诗潮》2022 年第 8 期）

你当像鸟飞往你的山（外三章）

风　荷

“你可以爱一个人，但仍然可以选择和他说再见。”

奶油与蜂蜜，都可以选择，《圣经》里就是这样写的。理想有雏菊般的容颜，赶海的人不一定能想到。一路逆袭，一生追寻，把自己完成。

小女子的身体里也有大宇宙。逃离平庸，通向远方的哈佛和剑桥。告别水深火热。

提一盏孤灯前往。象牙塔里，熠熠生辉，一双挥舞的手臂，可以名满天下。如豆灯火，明暗不定。但生活并非没有奇迹，脚步可写下坚定。

林深时见鹿。星空下，一幅璀璨的画图，闪着隐秘的光。

不必把沸腾的消息打捞，不必把心事重重的雨揽在怀里。“清澈的水倒映着远山和天空，新鲜的鱼群穿过。”我唯一该做的事，是迅速长满羽毛。

去追随，像鸟一样飞往我的山。

“你可以用很多说法来称呼这个全新的自我：转变，蜕变，虚伪，背叛。而我称之为：教育。”塔拉·韦斯特弗在耳边说。

挪威的森林

“每一个故事，都种在灵魂深处。”

把它们养育长大，奉送给读者，文字的枝叶，带些质朴纤细，却是力有千钧。

挪威的森林，传递着伤和悲。完整的故事一次次掉入痛苦的陷阱。村上春树在小说里讲述自我和世俗，生与死，孤独与成长。

磨合，适应。沉溺，接纳。潮湿，战栗。宿命，真相。文字如细雪般，纠结着人生的迷失和茫然。也给读者指出了一条“向死而生”的路，即把根部深深地穿过虚无，扎进柔软和锋利。

读后，我写下：

孤独是一口深井
它吞食的月亮是虚幻的药片
薄脆的夜晚，走来摇滚乐队，走来你，走来伍佰
而后我紧随其后
向死而生，黑暗连续了白昼
鼓乐接替着哀曲，生命如此啊
这个宇宙，漂浮的都是尘埃
唯有向着内心的雪国，向着古老的诗句
才能把一个浓郁的灵魂擦亮
好似异域的月亮，在挪威的森林之上

不能承受生命之轻

有种战栗的东西又回到身上。

在我的眼睛，眼睛是一面荡漾的湖水，和花瓣。

在我夹紧的双腿，双腿如两株野桃树，布满细细的火光。

残酷，美丽，绚烂，并不愿意与之交欢，却被深深吸引。目光迟迟不从米兰·昆德拉《不能承受生命之轻》里移开。

“因为一个人往往从怀疑一个最小的细节开始，最终会怀疑生活本身。”

相机旋转着镜头：夜鸟，报纸，楼台，战火。书籍，教堂，食物，爱情。背叛，遗忘，毁灭，一地碎屑。

叫特蕾莎的女子，叫卡列宁的狗。伊甸园的牧歌不断，或生命猝不及防枯萎。叫托马斯的外科医生，身上有薄荷的放浪和水草的悲凉气息。

爱情转过脸，黑夜发出回声。

“远处的云雾轻拂过黛山，橘黄的日落点缀其间。”头脑里，回荡着一轮硕大的太阳。

或者石头，等一个人推上去。

纯真博物馆

“这是我很柔情的小说，是对众生显示出很耐心与敬意的一部。”诺贝尔文学奖得主帕慕克说。

起于爱情，又不止于爱情。虚幻和现实交错，多重时间设计。

纯真博物馆在伊斯坦布尔的一条街道上，是一座建于 19 世纪的红色小楼。

去看看吧，再听听主人公芙颂和凯末尔的故事。

回忆和欲望，由无数的烟头和物件昭示。阳光打在窗上，过往在墙上一幕幕演绎，无关阶层和贫贱。

空格键打出最后的休止符，秘密业已澄清。爱情在博物馆里躺着，任后世之人追随，遇见一个人的纯情岁月，负暄煮茶。

我心匪石，让耳朵清净，谛听月夜的心跳。

记住“纯真”，爱的身体里唯有粮仓和流水。不必装下一小块泪水化作的海。爱情岛上，只有飞升，没有坠落。对的，如鱼饮水，白茶清欢。

用小语种说出灵魂之曲，不改变一生的措辞。

（选自《散文诗》2022 年第 3 期上半月刊）

喊山（二章）

罗国雄

露从今夜白

炎热褪去，白露晶莹。万物枯萎前，摩罗翁觉主峰上歇息的那群雄鹰，借它们翅膀扇动的云，和旷野上闪烁的夕光，告诉我们大地的不安。如一种温柔的绝望，草一般生长在玫瑰星空下，灵魂出窍的夜晚。

尘世依旧滚烫。很多年，我没有看到过如此干净的月光。草甸上空盘旋着一团雪，如白玉兰的芳香，抱着珙桐、杜鹃，和蘑菇圈里熟睡的牦牛。我体内无眠着，遗忘在山巅的一朵没有名字的花。她朴素的忧伤，是黑夜的另一个孩子。

白昼已收回它的放羊鞭。现在，我要请你放下苦难的腰肢。我的月亮情人，我要把你重新放回襁褓里。经过今夜洗礼，你将成为有名字的女儿，等待着做一回不被打扰的母亲。

露从今夜白。风吹着大风顶的心。秋来急，群山惶恐，冬天即将来临。通灵的人戴着月光面具，用洪荒之力使原野生锈，让世界经历一场春秋大梦。

能抓住这紧张而奇异的一刻是多么艰难！除非你愿把这荒郊野外当成故乡，因为，月是故乡明。

呼吸大风顶

清晨，早醒的帐篷，有些缺氧。青草身上淌过的水流声，呼吸轻柔。

没有虫鸣。晨曦如蜜，被云雾湿漉漉地缠绕着的树影，像缴械投降的花斑豹，急着要和我交换体温。

也许是人迹罕至，自然而然的美，既不孤独，也不热烈。融化的雪水，滋润着的，都是籍籍无名的生命。

低头，清澈见底的水洼里，我看见的却不是自己的脸，而是急着赶路的天空。那一刻，大风顶仿佛已经不是小凉山最大的不动产，而那天的我才是。

闭上眼睛，一朵云已在我肺叶间游移。

（选自《星星·散文诗》2022 年第 7 期）

牧草赋

梅里·雪

荒寒冷冽的青藏高处，牧人与草互为影子。

牧人放着牛羊时，时间的青草放牧着他的青春。

发芽，结籽开花，打草，喂牛，挤奶，互为低处的露珠，互为高处的雪。

枯过，荣过，骨头上有暴雪和火焰的印记。

尘世的风沙经过，山河草木俯耳贴地，在大雪和小雪之间，牧人草一样扑倒在尘埃里，他看见，一生追逐的羊群如移动的雪莲花，飘移去了云上。

人间事如此卑微，生活的冰碴、雷霆、炙烤都已承受，一个人最后在医院被一匹白布苫住，像一场雪盖住他的草原。

而一棵草融进大地的时间太空阔，空到寂静无边；空到那么多雪粒奔跑在忧伤的风里；空到太阳当空照；空到坟头上长满草，牛羊经过时总要用嘴巴和舌头舔一下或者啃啮他。

（选自《散文诗世界》2022 年第 10 期）

南北湖诗笺（三章）

许小婷

白鹭洲

蓝天，绿树，湖水。小岛，长桥，亭台。

还不能构成白鹭洲。

只有白鹭飞进我视野，这个小岛就灵动起来了。

更值得玩味的是，白鹭时而在苇草丛中驻足小憩，时而在湖光山色中凌空飞舞。

更多的时候，白鹭或三三两两或成群结队地在水上觅食、嬉戏，犹如一颗颗珍珠镶嵌在湖面上，微风拂过，它们又瞬间化作一片片苍苍蒹葭。

抽离体内如湖水般涌动的欲望，与白鹭越来越近。这是人类和白鹭达成的默契。

“一行白鹭上青天”，即便是在迁徙的途中，我也相信它一定会回来的。

生活在白鹭洲的人们，就从来没有离开过。

鹰窠顶

湖光水色杨柳岸，海天一色浪惊石。

众山之中，唯有登上鹰窠顶，才能同时将群山环绕的湖光山色和杭州湾的潮起潮落尽收眼底。

沿着石阶行走在通往鹰窠顶的古道上，仿佛走在历史的长廊，时光的隧道在参天的古树中延伸，阳光被捻碎在树梢。

马尾松树枝上跌落的几声鸟鸣，瞬间轻得只剩下微风摇曳松针的沙沙声。潮声入耳，绿野入眼，一种饱满的情绪入心。

远山如黛，近水如烟，海阔天空。

我在万物间，遇见最好的自己。

鹰窠顶上，有鹰扇动翅膀，凌空而起。鹰的翱翔海拔鹰窠顶的高度。

时光和距离已经孵化出内心的光晕，置身人生的顶峰，才可彰显。日与月喂养的一座山啊，此生足矣博大和深邃。

琴洲听《阳关三叠》

澉湖琴洲。

一袭粉色长裙，妩媚不失端庄。纤纤玉手轻抹琴弦，似乎有缕缕雨丝滑落。

从渭城一路叹到阳关。

不舍，牵挂，感伤——

端起酒杯，饮下的岂止是一杯醇酒？西出阳关的岂止是一片云朵？互道一声珍重，元二跨上骏马绝尘而去。

音符戛然而止，空气中的余音依然随湖光微微颤动。

转身，一次不经意的回首——青青柳枝，还会有谁来折？折下的枝条是否会像雨丝凝成诗行？

听风，蝉声不绝于耳。

似乎我又远了一点。但琴声叩击心弦，丝丝入扣。

（选自《星星·散文诗》2022年第10期）

香湖诗笺（节选）

张敏华

1

吴根越角。荡荡平川。

油菜花、蚕豆花和豌豆花开了又谢。结荚的角果，是植物的人生，被意义所生长。

蛙鸣藏得深。藏得深的，还有我身后的香湖。

白鹭搅动湖水，但湖水还是凉的，鱼虾不在我梦里。不在我梦里的，还有废弃的鱼箭和漏洞百出的渔网。

时间是抽不干的湖水。

湖是尘世间的伤口，水越深，创口就越深。

2

晨曦里，成片的桑树林弥散着桑葚香。

树枝上的蛛网，细微的水珠闪着光，风的神经在跳。

麻雀飞出树林，我在它们身上看见了湖的风脉。灰椋鸟钻出水面，我在它们身上看见了湖的水脉。鱼虾在湖光中闪现，我在它们身上看见了湖的命脉。

水天一色的香湖，有限与无限的水域，先知而后觉。

4

抚今追昔，我看见谁了？看见了什么？

水乡泽国，细碎的烟雨月迷津渡——

时间越来越近，又仿佛越来越远。只有我还待在湖边，等候湖上的芦苇抽穗开花，我花白的头发才有了归宿。

竹篮打水，湖水洇湿了身子，我仍然留恋昨夜的旧梦。

落日归途，夜晚之门虚掩着离别。

5

收起渔网，将鱼虾放生。

一颗漂泊的心伏贴于湖水，内心宁静而苍茫，眼神温润而迷离。

看风得风，见雨得雨，风雨倾巢而出，追随我一起探寻香湖的身世。而我身体里的香湖，水深湖宽，像一面镜子，返照生死。

抽刀不断水。湖光之上，弦月渡我——

生死之惑，谁能看破？

8

阅读时光，湖光水色返回镜子。

清乾隆年间，秀才孙燕昌在湖边一边散步，一边吟诵魏塘竹枝词："雅与孤山一例看，朔风吹破蜡千丸。披图静对横斜影，犹带香湖月色寒。"

我，一个书童，擎着小灯笼，跟随他身后，他手里的老烟斗忽明忽暗，他穿长衫披马褂的身子显得单薄。

香湖需要这样的场景。

但当我一觉醒来，这样的场景就瞬间消失。

原来香湖也有伤痕。

喝一口香湖水，咽下一生的悲悯。

9

还是香湖之滨。

“隔湖相望，除了看见树上的鸟巢，我还能看见什么？”

有些乡愁很归心，似乎是从泪水中渗出来的。

湖畔，在祖先的墓地上，狗尾巴草迎着风——其实我和狗尾巴草一样，都无法挣脱对泥土的依恋。

莼鲈之思，故土难离。

这些年，我才明白，一杯香湖水，竟是我的生命之源。

注：香湖，浙江嘉善北部沉香荡古称。

（选自《星星·散文诗》2022年第6期）

大江东去（外一章）

刘向民

一条江。是长江，从一滴水开始跋涉，奔向大海。

一滴水，是冰山上融化的一滴水，是草根上涌出的一滴水，是从天上落下的一滴水，一滴又一滴。

一条小溪是长江的开始，长江的源，是亘古以来的原。原与源，让长江有了根本和奔流的缘由。

亿万年积蕴的晶莹，一点点浸入长江的骨骼，不论流淌到哪里，都是冰清玉洁的本质。

从高原出发，就有向着远方的志向。风声、雨声和雷电的击打声，充满胸腔，跌宕起伏的激情，燃烧熊熊火焰，以熠熠风采漫过草地。

太阳的光芒闪烁，穿透每一滴水，以雷霆的方式，咆哮着，填充高山峡谷，擦亮雪山和坚硬的岩石，镌刻着不可磨灭的雄壮。

从远古，这些柔软的水，不动声色，日复一日、年复一年地吞没尘埃，穿过艰辛，一往无前的行程，不可阻挡。

急剧奔泻的时候，啸声如雷，亮出桀骜的激昂，之后一一打开辽阔的江面，承载着时光和一艘艘船，驶向无尽的苍茫。

不知有多少英雄豪杰，挺立潮头，乘风破浪，扬帆远航。不畏风吹浪打，依然激情豪壮。

大江东去。

一迭迭浪花清澈透明，过滤着人间的尘埃和苦难，亮出明亮的本质，击破难解的谶语或者预言，固定着大海的品质。

奔涌，奔涌——风声紧迫，涛声高昂，拥入大海的那一刻，就与大海融于一体，抵达真正的归宿。

大海是永远的宿命。永恒的奔流，激越，生命更加辽阔。

滚烫的铁

太阳的光芒，逼近铁。

嵌进骨头，红色的锈迹斑斑。

而内在的坚硬依旧，烈火烧灼，铁锤的青气锻打着，啸声铁青，内心坦荡如砥。

风雨潇潇，日子冷漠，而一块块铁，不畏伤痕累累，高举额头，使劲张开眸子，冷酷的面孔下，澎湃着欲望的张力。

在一阵又一阵敲打中，心甘情愿地沉入民间，成为一架犁，深入泥土；成为一把镰刀，探入青草、庄稼的根部，收获饲料和粮食；成为一柄勺，在热气腾腾的饭香和袅袅的炊烟里，不断筑起日子的高度。

铁，离不开火。

铁，在遍体鳞伤时又想起了火。火，祛除杂念和羞涩，抚平高高低低的伤痕，愈合被撕裂滴血的伤口，变得更加纯粹，思想不再痛苦。

铁忍住煎熬，在一次次击打的阵痛里，积蕴坚定的信念和永恒的执着，超拔脱俗，始终保持坚贞的品格。

铁的命运，决定着铁的性格。从火焰中来，到火焰中去。火焰入骨，穿过坚硬，为信念淬火。

铁，不怕生锈，一次又一次嬗变，让铁成为真正的自己，不再让时光锈蚀骨骼，锈蚀梦想。

铁，是铁与火的融合，负载艰辛，凝聚着坚韧的力量，斩断丛丛荆棘，在它身后，太阳升起，春花遍地。

（选自《散文诗》上半月刊 2022 年第 10 期）

石船（外一章）

叶逢平

静止是一种虚构的远航。

石船。等待。仿佛披一件蓝麻蓑衣，孤零零的。

顺着薯花的指向吟唱一段渔歌……渔歌浮现一些沧桑的鱼……一些破碎的浪花开始在音符里凋零，日子踏水而去像网搭在礁石。

舷下的波浪，怒放的珊瑚遥对无语。灯笼如一束信念的鳞光，进入海底。此时，我偶尔在石船里听见老爸和大哥在深处拖网，并追赶着鱼。

石船。跌倒在浪中的影注定装不下一滴泪水，雪一样贴在我容颜。

咫尺之间……石船是童年的眼睛，渔歌踏浪而来打捞那些沉甸甸的龙王传说；石船是黄昏的耳朵，空空的，倾听蓝尘，锚的三角梦浅搁；

——石船在心灵，唯有一座灯塔与其相守！

静止是一种虚构的远航。

石船努力让爱永不陨落的姿势，让我注定要为它献出自己一生的航程。

听不见，我就对大海说

一

不知错过的有多少，横卷夏日的台风还盖在海上。
我想，梦像筐，更多的鱼从泪水中出生……
铁锚进入水路，春天已经走远。
神呵，就把铁锚给忘了。
能怪神吗？昨天还说铁锚是大海的翅膀呢。

秋天到了。绿头巾随叶帆飘落。
那些渔家女，更像望夫石……
神呵，从今天起，我把铁锚抬到肩头上，想背叛一些什么？

我不再为铁锚所累，用种种假设掩盖事实，在翘盼中返航。
我赶紧把双手伸向远方，把灯盏送给爱人。
神呵！你走了，铁锚仍在码头上。

二

看到了？海之祭，那未泯的苦恋深藏其中。
能怪神吗？
昨天还说铁锚是大海的翅膀呢。

父亲说，铁锚要翅膀，海上有很多很多。谈起众多的鱼，那扇状的鳍，小小的嘴唇，摆动的尾和浪……这是冬天的经历呵，甚至可以在雪中看船票。但父亲想不起从哪一个码头出发，如何把丰收装载前后舱？

父亲说，儿子海上好么？不好就回来吧！
铁锚有三个翅膀。父亲还是你可爱的翅膀。

当网晒满渔村，当橹在胸中划动往事，那舷上的风可否停留？

以铁锚的速度和距离，以渔火或礁石的现实，父亲让我看见下一个春天？

不为赞歌所动。

不为彼岸所动，送铁锚一条缆绳。

神呵，你听不见，我就对大海说……

（选自《当代教育》2022年·秋季卷）

暮色中，登临悬壁长城（外一章）

倪俊宇

箫声里的江山，卧着一柄出鞘的战刀。

战刀，高高弯翘，演绎沙场上陡峭的人生。

一直往上走去。抚那一弯，秦时的明月。

可看见高墙远处胡骑的扬尘么？

烽烟呼唤猎猎旌旗……战事，在刀锋剑刃上，止息。血染的雄风，该翻动史册的哪一页？

垛堞下，酒杯摇晃。溢出江南的柳色或烟雨。

一声断弦，自西楼的珠帘出走，竟弹落铠甲上片片冻霜。落日，在喟叹的眸光中，凋零。岁月斑驳的城，遂蜿蜒成家书中，一句落寞的隐喻短语。

向晚的风中，谁读出声声断鸿里诉说的情节——

烟尘苍茫，可有老屋的炊烟，携挽田地暮归的咳嗽与乡音？

寒星闪烁，哪一盏，是故园东窗不眠的灯？

（选自《草堂》2022 年第 5 期）

暮色苍茫，在荒燧台沉思

岁月在你俯首中苍老。夕照，拉长你深沉的思索。
半截残垣，再也托不起久远太多的传说。

一群剽悍的铁蹄，踏响漠风驰骋远去……
此刻，那些在刀刃上跋涉的灵魂，都去向了何方？
哪一道墩隙砖罅，曾经萦绕戍卒的幽笳怨笛？
哪一层台前沙砾，曾经掩埋戟与剑的争辩？
望漠野苍茫……
几多慨叹几多豪言，全嵌进斑斑驳驳的历史断截面。

莽原，在望不见的远方，想象着阳春三月的美丽。
有谁，去捡拾遗落在阳光背面的画角与镝声？
战事，已在锈蚀的刀锋上凝固。你兀自站在雁鸣的尽头，凝神谛听悠悠驼铃于熹微晨光中匆匆西向，
——可是戍卒的后人，去种植当年瘦箫里的江南柳色？

（选自《星星·散文诗》2022 年第 3 期）

崂山，或海天之间嶙峋的铁骨

杨　东

山川悠远，维其劳矣。

——《诗经》

1

山与海紧紧相连，山脉与浪花从不分离。

这不只是一座山。

海天从容，涛声如鼓，群山巍峨，森木逍遥。

一座山，恰似沧海间凝固的一枚奇绝不朽的花骨。

跨越震旦纪、白垩纪的漫长时空，千百万年风霜雨雪，滋养了一片厚重的热土，也孕育了一块硕大坚硬的骨头。

骨头里有一颗从未更改的初心，在巨变中演绎一座半岛沧桑悠远的流韵。

山的巨峰，摘取了祖国迢遥海岸线第一高峰的桂冠，海上第一名山卓然升腾，直入云端。

蓝天与星空下，朝代更迭的迷途中，人世花开花谢之间，神从未停止逡巡。

神熟知这里的每一座峰岭、每一块石头、每一株花草、每一处建筑，甚至来来去去的每一个人。他秉持教义，让一座山也懂得了——逝者如斯夫。

2

劳山，牢山，崂山，素朴大雅。

人间苦难的历程与心中美好的愿景，为一座山雕琢了巧而又拙的名字。

正史与野史，在波海参天处，风起云涌般述说着一座山的万古流芳。

是铁骨间的芒鞋踏出了山径，是汗水唤醒了草木，是仰望穿透了朝露，是远去的身影迎来了黎明。

剑峰千仞，秀峰奇石，山峦葱郁，澄怀万境。

河溪、泉水、瀑布、池潭、水湾，是水润泽了一座山的恻隐之心。

恍如原生的小调，被时光渐渐固化为一阕阕平仄工整的词牌，涵养了梦一般的雄伟与壮阔，坚韧与深邃，忧伤与欢乐。

从未中断过的流速岁月，带走那么多繁复的影像，也带来了今天的福祉和大地的颂词。

是秘密保持了秘密，时间蔓延了时间，思想演进了思想。

3

泰山虽云高，不如东海崂。

一座山的高度，伴随着与生俱来的传奇与品格。

一座山自有弥久愈深的意象，自有活泛生动的包容与代谢。

季风吹来阳光，风雨，霜雪，变幻的云图，无严寒，无酷暑。

白昼带来星空皎月，春夏秋冬，闪电雷霆，万千生命斑斓的镜象。

九宫八观七十二庵、三十二处寺院，佛教、道教肇兴、鼎盛，方士、巫师、僧侣餐霞修炼，众生渴望在此清醒，获得清净。

或许，勇于自我救赎的人，在灵魂的洗礼中，真切地获得了另一种可能与不可能。

而人世，正是在喧嚣与幽远中沉默着，一代又一代衍进、图腾。

（选自《青岛文学》2022 年第 1 期）

斯卡布罗集市（外一章）

李佑启

（一名女大学生在警卫队的枪口插上了一朵象征和平的鲜花。然后，她被击毙了。士兵怀念自己的恋人，但她已经死了。明天没有阳光，也没有方向。他只好对着夜空绝望的低唱）

如果不论门庭，那就说说故事里的事吧。

那是秋天的秋天，金色中的金色。洋溢着遥远的英格兰气息。

谁说野蛮人没有纤弱细腻的灵魂？包括维京人和凯尔特人？包括大无畏民族，和神秘难解的诡异传说？

一样的诗意，一样的野蛮，一样的幽怨。

不一样的远方！

面对红尘俗事的纷扰，阴霾与名利的苟且，谁不想挥别喧嚣与浮华？

如果不言泅渡，那就叙叙阳光的芬芳吧。

那是一爿滨海小平原，宁静的海浪合拍着均匀的节奏，一起一伏，轻轻地击打着料峭的崖壁。远方的三桅船，愈来愈近，愈来愈近。从太阳升起的地方。

朗姆酒像主人一样温柔。同时捧出来的，还有久违的笑容与问候。

欧芹，百里香，鼠尾草……裹挟着小镇上野花的馨香，掠过原野无边的祥和，掠过平滑如镜的蔚蓝，掠过梦中情人的心田……

你若不来，我不燃烧！

如果不说爱情，那就唠唠梦里的思念吧。

只要还有鸥鸟贴着海浪振翅，自然就有鹰隼俯视白云盘旋。

跌落花间的小蝴蝶，提着灯笼的萤火虫，蓦然闯入梦里，怎能不让一个倦卧沙场的暮年壮士，一层一层卸下艰辛的铠甲？

那是一盏领着灵魂回家的灯啊！怎么挡得住她的美丽与诱惑？

曾经的奋战、苦难与无助，如深秋时节黄昏落叶的惆怅与忧伤，不绝如缕。

而后，又如春光明媚的森林里早晨的阳光，无与伦比的清新，静美。

远离了红尘，便容易滋生孤独；远离了孤独便容易滋生寂寞。远离了孤独与寂寞，便远离了人间烟火啊。

然而，这个世界，却又只有真正的孤独与寂寞，才能创造一个崭新的世界！

人间最最朴素的烟火，正是含着泪水的微笑。

既不说爱情，又不言泅渡，也不论门庭，那么，斯卡布罗，你让我说什么好呢？

岁月静好的好。

草原之夜

（这首中国经典民歌，是世人眼里的“东方不败”，曾被联合国教科文组织定为世界著名小夜曲）

春风又爽约了。

天山脚下，可达克拉。夜。

静谧。静如无数军垦人的胸膛。

万籁俱寂而深远。

还能等吗？再等，等到千里雪消，春天就过去了。

又一颗流星划过璀璨的天空。露珠紧紧地勾搂着草尖的脖子。草们弯着腰，深深地弯着。

多么美丽的草原夜色啊！

往事与现实宛如一对情侣。面面相觑，然后，四目紧闭，屏住呼吸。

灵魂开始游离。

恬静的幻象中，亦舒亦缓。

唇，吻着唇……

风在风里，山在山外。

马头琴，在梦里。

马蹄归圈，自然舒展。

此刻，没有飞燕。没有套马杆。没有响鞭。

只有梦。

梦一样轻，梦一样软，梦一样漂渺。

此刻，有鹰，在天穹盘旋。鹰，那可是天堂的门环啊！有蟋蟀，在远处弹琴。不知蟋蟀是否胸有远虑，但仿佛永远没有近忧，他们痛并快乐着。

夜幕无边。

黎明，在黑暗之中，酝酿着喷薄……

东方开始露出鱼肚。

初见端倪。

草有草的活法，于是，坦然。草原辽阔我辽阔。

深呼吸。深一点，再深一点……

草原在梦里，我在梦中的风里，在曦里。

没有块垒。山河安详。

天地和日月星辰，全都被装在一个薄薄的丝巾做的包袱里。与蓝底的印花格子布做的头巾无关，与江南水乡的春耕无关，与塞外飞雪迎春的料峭无关。

我将包袱搂在怀里。轻轻地。轻轻地。

与篝火，与劳动，与草原，和爱情，缓缓融为一体……

终于没有我了。没有小我！
爱情因美好而陡峭。
然而，草原因坦荡而安然。
草原的夜空，因宁静而美好。

（选自《湛江文学》2022年第12期）

南疆木器（三章）

蔡　淼

沙枣木：花瓶

沙枣木做的花瓶，用来装沙枣花，一种带着隐喻的命运被反复提及。

在南疆，沙漠的边缘，沙枣摇曳，灯盏解构。

书桌之上，一种木头被另一种木头指认、接纳。

沙枣木做的花瓶，并不需要什么花朵装扮。

它越过疲惫、苍凉，高擎秋天的体香，在书房分娩。

一个空花瓶，木质的纹路指向源头。

空，一种启示。

灵魂泅渡，寓言空置。

枯坐。对视。高贵者的天空摆渡在春天的门口。

好多年了，我们从头到尾没有说过一句话。

时间的缝隙里落满了尘土，夜晚安静下来，整个房子都住在一棵沙枣树里。

杨木：烛台

……小巷里燃起一盏灯，微光中闪烁着阿里木[①]逐渐苍老的身影。

他的身体也和眼前这烛台一样，轻飘飘的，悬浮在尘世之上。

泣血般的呐喊从细小的事物中传来，那些经过铁烙的纹饰在烛台上呈现出故乡和穹顶。手持杨木烛台，红色的蜡烛让原木的烛台有了灵魂。一只烛台叫醒了整个夜晚，微弱的烛光一层一层地剥落下来。落在阿里木身上的，不只有光，还有无尽的往事和记忆。

制作烛台这门技艺即将在家族内消亡，这或许是时间的选择。阿里木背负着愧疚、衰老，却无法替代传承。黄色的绢布包裹了整个房间，与杨木结缘成就了阿里木一生的必修课。

烛台只有在夜晚才能发挥作用，而阿里木却倾注了整个白昼的时光。

还有一些爱没有来得及说出，还有一些技艺没有来得及传承，还有一些杨木躺在院子里等待着阿里木的刀斧。

榫木穿插，随手赋形。

阿里木说，左手活成了一把刻刀，右手活成了一把杨木。

烛台上的灯光逐渐矮下去，烛台沉浸在黑色之中，静寂，伟大的虚空。

注：① 阿里木，维吾尔族人名，意为学者、科学家，象征着智慧。

胡杨木：根雕

从沙漠中走出的圣雄，宁可把自己渴死也绝不低头。

死而不朽，时间会生出青苔，为大地留下伏笔。

把心掏空了，时光才能慢慢静下来。

在公园里走进一座陈旧的房子，展厅里摆着比房屋更陈旧的胡杨根雕。胡杨木上随意地挂着几个葫芦，是搬运的人为自己留下的借口吗？

我们是否足够了解一株胡杨？时间的回声似乎在提醒着什么。

胡杨木从不缺少赞美之词，皲裂之声敲响历史的肋骨。

每一件根雕都注入了现代人朴素的审美意识。

他们从沙漠里拖回一截截干枯的胡杨，把它改造成茶桌、木墩、椅子，甚至是花盆。旋刀和斧子调整了胡杨的语序或逻辑。刻刀开刃，以一种疼痛的姿态重建内在的阶梯。

他们说，每一件胡杨根雕都是绝世孤品。

（选自《扬子江诗刊》2022 年第 2 期）

寻湖记（二章）

苟永菊

坡　地

从忙碌的烟火中抽离出来，我接受柔软光滑的湖水。

那片坡地，刚好面向湖。丝毛草收获阳光的余温，开花，恋爱，结籽。一群鸟供养着湖水的欢快。它们的爱情恰好如湖水，不含一点杂质。

山峦与云朵接壤，云是温顺的绵羊，我就在云朵里，爱着山的葱茏与苍茫。

我知道那湖沉积了很久，品味出的孤独挤压在湖底，也像这面坡地，不曾有人造访。每一滴雨失落在人间，我不忍心注视。

那一株株草的哽咽触碰到草尖，那钻心的痛，铺设到湖中。但此刻，我遇见了他，站在湖边，如一棵树一样伟岸。树上的红叶，让我陷入虚空。

是的，那炽热的火焰，比晚霞还红，比玫瑰更惊艳。我有我的蔷薇，我的篱笆种满了带刺的忧伤。

桃花岛

从堤坝走过。一排柳树，将一头绿发倒垂在水里。

我站在湖中，恰好成为水墨画卷的一笔画龙点睛。

船划到岛上，桃花正红。我牵着一缕水的柔，贴紧了桃花的唇。那一刻的心跳，按捺不住。

春风摇曳着桃花，春水在心间荡漾。

我触碰到你的手心，指尖在战栗。

我有些贪婪，吮着桃花的芬芳，湖也醉了。

泪滴很幸福地盈满眼眶。呼吸的波澜，洗涤了我的忧伤。

我顾不了人生的恶浪险流。偶尔的冒险，又何尝不是一种人生体验。

很多时候，我都如这岛，只要有桃花，容我修炼，此乃一生幸福。

（选自《散文诗》2022 年 7 月青年版）

诗遇尕马台（二章）

郭建强

在岩石里

风的呼吸、触须和指爪的抓痕，在海底推向陆岸的古生代变质岩，拓出弧度饱满或者裂变多枝的线条———甚至，也能预示出偎依的、渴望的生命体态。

然而，你知道那是远比子宫久远、漫长、寂静的时期：形象还在律动的空气里散如粉沙，不知怎样组合和构架。这是一个前世界，其荒芜和寂寥大于词的所指和能指。这是一个无以猜度和描述的时空，却又奇妙地留下了初始的痕迹和声息。

岩石在记录，用岩头内部的孔隙和毛孔张开的表体，接受着，贮存着，等待着……岩石在一点点地变，一点点地化。

崭新的一种水，渗出钙化的脊背，犁铧星团的图案……贝壳、珊瑚、海藻显影，身子蜷曲如球的三叶虫，刚刚学会爬行……

在岩石里，早于自我——看到你……

七星铜镜

寻找聚合。

也就是寻找分析。

……先是是砷与铜的聚合和分析，然后，辗转于无数光与火，汗与梦，尖锐与圆润的时日，终于在矿石的另一种脉象中找到了种族的兄弟——锡。

锡与铜合体成金，诞生一个青铜的家族：铜泡、铜锅、铜指环、铜牌饰，将由石制、骨制、陶制的第二世界，提升到可以持久地凝眸、凝思、凝神的高度。

日月星辰大概也是金属的，至少也是遍体为金，耀射四极八荒的。从金而镜，巴克特里亚的七角星状纹样穿过地表和地层，留下猜度和实证。由混沌而模糊，终至光亮明澈，金属看到抚摩的指纹、额上发线、眼眸漆黑的一刻——

这一刻，找到的不只是我——更是你；

而我磨洗的也不只是那个难以言明渴望——而是在光明殿堂里，隐藏得更深的那个倩影。

（选自《星星·散文诗》2022 年第 6 期）

从词到物（外一章）

杨建虎

从飞翔的语言到踏实的大地，这意味着，我要写下这些山河、高原、牛羊及从火焰中淘出的黄金。

当风掠过，春天会发出尘土般的呼喊。黄土高原干渴的躯体上会冒出一些嫩绿的小草、抽青的树枝。故乡的土地慢慢从沉睡中醒来，万物萌动、复苏，青黑荒凉的山峦渐渐变绿，这一切，都预示着一个崭新季节的到来。

无论你在哪，这时候，我都会写一封长信给你，不是通过微信，不是在电脑上敲击键盘，而是用小楷，用从前的毛笔和宣纸，写下我对你和万物的热爱！

亲爱的土地，满载感性的记忆，那些草啊花啊牛啊羊啊，都会在这个季节生长、绽放、呼喊……逝去的村庄曾是贫穷的家园，空旷而辽阔的山野里，留下麻雀的鸣叫。芳草无涯，跨过生命的轮回，静静的河水，缓缓流向更远的地方……

苹果树的低语

秋天的果园，笼罩着自然生活的迷人色彩。一个个饱满的苹果在秋阳中闪出光泽，多像我们一闪即逝的青春。

而苹果树低下腰身，在微风中低语，它们习惯了大地的厚爱与悲欢。在秋后的田野里，苹果树与芹菜、黄瓜互相依傍，当时光挪走四季的青春期，苹果树成熟的身影成为秋天最迷人的风景。

我喜欢听苹果树在风中低语，它们丰满的身子诉说着生命的悲欢离合。

（选自《星星·散文诗》2022年第11期）

窗前心景（二章）

曹　雷

病树之语

我听见阳光款款而来的脚步声。

温暖如雨，播撒在每一缕低垂的枝条上。这声音，点点滴滴，渗透到生命的根须，滋润我全部麻木的神经。

是一种爱意绵绵的唤醒！

这声音，听一回当刻骨铭心。当你款步走近，一身素洁的光辉晒干我呻吟里的霉斑，残枝败叶纷纷坠落，复苏的欢愉在你柔情洋溢眷顾下，迅速萌芽。

一寸寸靠拢过来的阳光，暖心润肺，强劲的活力霎时就贯穿了干枯已久的生存空间，瘦弱的躯干摇落满目憔悴。

这声音是伸向我的手，牵引我远离朽木的遭遇，避开烂柯的厄运，扶我绕过腐叶的覆辙。当一片片鹅黄在我枝头上彼此呼应，一簇簇鲜活的翠绿覆盖全身，一朵朵花的火焰映亮晴空的季节，我最早成熟的果实一定会挂满了感激的露水。

沐浴阳光，万木争荣，我在其中高高扬起了新生的手臂。

窗　前

那枝静悄悄的三角梅，依偎天空深深的蓝。

你看它时，闪烁着片片光斑；你不看它时，就望向远方默默眨眼。

云影徘徊，光阴恬淡。

提着菜篮窗前走过的老人，看到了微风中掉落的花瓣，久久移不动视线。小巷，在吟诵一首诗，开头是晨曦徐徐展开，结尾是夕阳慢慢收拢光线。

老人，有点像字里行间一个走动的标点，远处那条生生不息的大河，可是他写下的自传？

一生的时光。有时好似连绵起伏的丘陵，读不完的巨著；有时又像滑落山间的流星，一闪就重新翻篇。

起笔收笔都是：某年某月的某一天……

（选自《星星·散文诗》2022 年第 7 期）

花乡小镇（二章）

北　琪

格桑花开

义勒力特小镇，是格桑花的家园。

每一条小巷，都有格桑花探出头来，嗅着小院里飘出的稻香和奶香。

黄昏需要悠远的长调，把它引向寂静的夜，在夜里飞溅出耀眼的星光。

格桑花走过长夜，悄然绽放。

只要人们充满期待，它们愿意努力盛开。

阿妈演出归来，仍在回味。

一片格桑花，集中所有的力量，为她伴舞。

托着露珠的嫩叶，将金色的喜悦扬在脸上。

这座塞北小镇，盛产芬芳的生活。

阿爸看着大棚里的灵芝，露出满意的笑。

园里的孔雀展开翎羽，辉映晚霞的光芒。

一轮月亮，在盛满马奶酒的银碗中，写下团圆的篇章。

每一座庭院，都升起欣欣向荣的炊烟。

格桑花将风吹草低的场景，描绘成多彩的画卷，诠释草原人对这片土地丰盈的爱恋。

流水的回响

岸边有草木葳蕤，有鸟鸣阵阵。

一条河，用浪花在写诗。这诗，注定奔向远方。

白云酝酿的雨滴，有着温和的属性和慈悲的心怀。

如此纯净，如此善解人意。

被雨水浣洗过的月光，清新、朴素，平添了几分“把酒问青天”的豪迈。

此时的琴声只为晚归的羊群响起。

不同品种的羊，迈着相同的步伐，朝着家的方向迈进。

今晚的月光，只偏爱这个草原深处的村庄。

岁月的裙裾掠过河床，掠过草尖和马蹄声，在溪水长流处落脚。

村庄的沧桑，已被流水卷入漩涡。

桃花与狂风的恩怨，在水上翻腾几下，从此一去不返。

这条河从哪里来，无人知晓。它跟村庄一样古老。

无数滴水汇聚，便有了这条小河，村庄便有了自己的辽阔。

也许，这河里的每一滴水都有思想，都曾经拥有整片天空，俯视大地。

它们不想委身于一只碗，怕有一种倾斜，玷污了自己的清澈。

投身江河是它们最明智的选择，可以选择缓缓流淌，或制造几朵洁白的浪花，奔腾向前，滋润一方稻田。

委屈时，还可以选择，从一个人的眼里夺眶而出。

一滴水的重量，也许只有露珠最懂。

它端坐在草尖上闪耀光芒，哪怕只有短短的一瞬，也要见证稻谷飘香和自行车彩道上传来的欢声笑语。

草原为琴，河水为弦，金秋的手，奏出五谷丰登的交响，被村庄收藏。

（选自《散文诗》2022年上半月第10期）

云上村（三章）

萝卜孩儿

云在故乡还好吗

云在故乡渴望一场雨。
她用力挤了挤眼睛，只挤出两颗泪珠。
云在故乡思念一缕风。
扶摇直上的炊烟，紧紧地把她缠住了。

一朵云，夜里歇脚房檐，痛饮了房檐下的半缸水。
早起的老父亲，步行两公里到村外挑水去了。

云在故乡还好吗？
坷垃滚烫的玉米地里，最后一朵干瘦的云、弱小的云，变成了老母亲额头上的一抹汗珠……

竹　林

穿过一片竹林又一片竹林——横吹的笛声，此起彼伏。
有脚步声，时远时近；不见人影，只有出入袖口的竹风。
竹林深处，谁抬头仰望：竹叶如筛，天光云影散落如米粒。
黄昏的一炷香，袅袅升腾，把一轮明月引入一处道观——

竹海幽处，蔚竹观。
观中道长，道号云谷，清瘦如竹……

秋

柴门紧闭。门前的风喊了一声：月。

所有瞌睡的露珠，都睁开了眼睛。

松风是山的深呼吸。道士轻轻地敲了一下门。

大合唱的蛐蛐们，都不约而同地停顿了一下。

篱笆旁，山菊花散发着淡淡的苦香。闻香识君：所有的蜂蝶，都夜宿花心。

柴门外，盘坐石凳上的道士又喊了一声：月。山梁上，瞬即露出一张银白的脸……

（选自《当代散文诗报》2022 年第 3 期）

高原上（外一章）

花　盛

一场雪落白沉静的山川，像为你铺开宽广洁净的日子。

悄然来临的事物，轻盈如梦，万物在梦中启程。

远去的时光，唤醒记忆的窗口，桑烟般柔软，抚平生活的折痕，给未曾泯灭的梦想一对翅膀。

异乡和故乡，仅仅隔着一场雪的厚度。

而平凡的你我，依旧在路上，脚印的重叠就是心灵所能遇见的美好。

高原上，我们都是一棵种子，在雪线之下孕育，扎根，成长。

雪有多厚，根就有多深；根有多深，梦就有多葱茏。

夜　行

一朵花开在风中，就有另一朵花，在天空沉默寡言。

世界在时光的循环里，像一个人的背影，跌跌撞撞。

风止时，突然就有了生活的味道。那些习惯于喧嚣的生命，终究归于平静，归于一种可贵的孤独和寂寞。

陈旧的事物，自带光芒，像一个永恒的话题或被遗忘的词语——

它的纯净，在于视野之外的开阔；它的明澈，在于纷繁之外的心灵。

或许，被露珠照彻的世界狭小而短暂，且光芒四射。而那些被置于辽阔的言语和赞歌，将在黑夜里乌云般长久的消散。

万物欣荣，被时光掩埋；人生苦短，定有五季存在。这被我虚构的一季，在另一个物象里经历着梦境般的日出月落。

但我总是忍不住怀旧，念叨熟悉名字，也无法改变转瞬即忘的事实，像一个个小灯笼般日子，藏着火焰，也藏着云烟易散的冷清。

在生活的夹缝里坐久了，心，也只剩一条狭长的缝隙，仅供一丝雨露和星辰挤进来，聆听一条溪水奔跑的跫音。

是的，隐秘的人间，话语与沉默同处一室。

我们习惯于将自己托付给虚幻的远方和未知的星空，在仰首与低头间，完成人生的又一次夜行。

（选自《星星·散文诗》2022年第2期）

第三辑

风情

青岛坐标（三章）

亚　楠

崂　山

那时，我在崂山清幽的蝉声里缓慢地往前走。溪水清亮，就像一簇簇欢快的音符，跳荡着，把我带入了一个幽奥秘境。

赭红色山石或高高耸立，或朝前延伸，有一种仙风道骨的遗韵。也许就因为被这一缕缕绵延不绝的仙气所涵养，那些山水草木皆有灵性。而晨曦中，光与影彼此抚慰，又使得这个人间仙境平添了几多温暖与慰藉。

我想象着遥远的从前，崂山上方术兴盛，访仙寻道之人不绝如缕。随着时间推移，整座崂山仙宫密布，道观林立，巫师方士大显身手。一时间，崂山名声大噪，便成为一座道教名山。就在那时，万物蓬勃生长，灵魂都能得到安慰，生命以开放的姿态与山水同在。

此时此刻，当我登临崂顶放眼远眺，大海一片蔚蓝。于是，我就忽然顿悟了：眼前这山与海的世界，不就是芸芸众生诗意栖居的人间天堂吗？

栈　桥

远远望去，栈桥一直静静地向大海深处延伸着。它枕浪花而眠，宛如一条横卧沧海的巨龙，总能给人以无尽的遐想。碧空净，海水蓝，仿佛那一只只海鸥就在这浩茫的时空中，讲述着人间的悲欢离合。是啊，沉浮明灭的岁月还在继续，大海的故事总是那么幽深莫测，就像那永恒的律动，无穷无尽……

现在，我更愿意把视线从远处收回。当我临风而立，就仿佛来到了一个美丽的童话世界。当我站在高处眺望这条长龙，清风拂面，思绪明亮而悠远，于是心中便生发出一种从未有过的自由和舒展。而正是这样的时刻，我的内心才会一片澄明。

大沽河

一束光穿过苇叶，进入了河床中。而他就在这一束光里，看见一个人的毁誉荣辱。于是我便这样想，漫漫时光也只是他的过往。所以此刻，在潜意识彰显的地方，假如我的认识能够变得更清晰一点，那么一定就会懂得，为什么这条河从不忧伤。

只不过是，那滔滔河水曾养育的生命，都将回到他们的记忆中。我猜想，人们之所以更看重这一条河，恐怕就与他们对这条河的记忆有关。

因此大沽河是不朽的。也是博大的——

他摒弃了心酸苦涩，汇聚着人类芬芳。

（选自《青岛文学》2022 年第 2 期）

在节气里静坐（三章）

武　稚

谷　雨

走再远的路，我都无法抵达的一个节气。

谷子和雨，雨和谷子，二十四个节气中，唯一一对亲密的伴侣。

箭雨如梭，昼夜淙淙，一滴水想渗入土地的澎湃，一粒种子想渗入土地的澎湃。

一种迫不及待、干净的脱落，田间的人啊，可否到地头歇息片刻，我想象中的男耕女织的画面。

我已洗净一生的汗渍，在城市，我不会因为一滴雨而鼓噪，我也不会因为一粒种子而午夜不宁，我的谷雨已经远去。

多少人的谷雨已经远去，多少乡村的面貌，模糊不清，多少过往，也已一笔勾销。

多少人，在城市寻寻觅觅，多少人在季节之外，点瓜种豆，黑白颠倒，离经叛道。

谷雨，就让它偶尔成为滋养我一时的风景，就让它在我遥不可及的地方，一扬一顿。

白　露

双唇轻启，舌尖上扬，白露，顿时清气四散。

相念白露的早晨，树木、空气、花香，采露的女子，远去的步子，那些深藏在白露节气中的人和事。

想念白露的夜晚，皓月当空，隔窗凝视，谁的衣衫不胜寒凉，那些深藏于心的温暖和疼痛。

雁南去，玄鸟归，白头草，鼠兔把食物囤，一个个无法睡去的夜晚，卑微庸常。

至于田间，总是忙，土地上的事，有哪一天不忙呢，播不完的种子，锄不完的草，他们的裤角，总是被夜露打凉。

我的白露，只活在想象，一个看不见露珠的人，内心里的白露格外盛大、明亮。

我的城市雨水很多，白露，白露，我总是轻声念道，请不要成为，雨水当中的一颗。

霜 降

一地的银白，散落于民间的万千气象。

仿佛有生以来的第一次，让人想到不速之客、草场、灵性的光。

分明是带着杀意啊，霜降杀百草，霜打独根草，秋蝉和蛾，像是随意闲泊。

还是忍不住说它的红，霜叶的红，还是忍不住说它的甜，柿子的甜，还是忍不住说它的香，菊花的香，一种饱经岁月之后的时尚。

到底是菊花香，还是菊花霜？村中的老人，门牙关不住风，他们不知道什么是时尚，也从来不会因为一场雨、一场霜而有什么异样。

他们倒是和土地一样，屏住言语，把爱恨收藏，只是在某一个时候，突然适时远望。

我忽然觉得，一场霜，冰冷，有情怀，也承载希望。

生命中的又一场霜……

（选自《天津诗人》2022 年第 1 期春之卷）

浓浓的年味（外一章）

赵克红

新年的脚步匆匆临近，过年的气氛愈来愈浓。

街道上、商场里人头攒动，人们毫不吝惜地花钱消费着，把各种款式、各种美味、各种喜悦，开开心心带回家中。

房屋被打扫得一尘不染，玻璃窗亮得照见人影。

人人脸上都盛开着微笑，远在异乡的游子，一次次梦见团圆时的情景。

中小学生们收起书本、离开课桌，在嬉闹和欢乐中找回童真。

人们开始忙着准备各种年货，买新衣、写春联，年的味道越来越浓。

几张临时拼凑的桌子上，几个义务写春联的人忙个不停，被红纸映照的笑脸，透着喜庆，真草隶篆，笔走龙蛇。一幅幅挥洒自如的表情，是祈福和祝愿最快的捷径。

浓浓的年味，在超前的脚步和滞后的回忆之间，时空转换 。层层叠叠，红红火火，不论家的距离是远还是近，不论身在家乡还是异乡，都早已经闻到了，亲人精心调制出的年味。

乡　愁

我的乡愁，是村头的那棵老槐树；是月光下的石磨；是故乡弯弯的河流；是高跷、锣鼓和过年时声声的鞭炮；是张灯结彩的狮子舞。

我的乡愁，是屋檐下滴答滴答的雨滴；是纷纷扬扬的雪花；是河面上洁白的冰；是燕子衔来的春色；是青青的麦苗、金色的稻穗；我的乡愁，是潺潺的溪流和溪流边盛开的野花；是袅袅升起的炊烟；是母亲高一声、低一声的呼唤。

年关越来越近，寒风中，我一次次向家乡张望，那梦中的点点灯光啊，穿越山高水长，照亮了我的行程。

（选自《小百花》2022 年春之卷）

旧书店（节选）

语　伞

1

木质记忆为墨。

时间在你的脸庞上开始描摹。

皮肤如镜。山脉在你面前矗立。

旧书店里，光线是佚名的证人。它凭借多生的腿脚，在每一个角落布满灰尘的证词，来维护时间古老的魅力。

你无法想象未来会是什么样子。你只知道过去，你曾探寻，攀岩，逃避，在何处驻留过一秒注视。

悬崖随手可及。你从悬崖上取下石块一样取出一本书。

模拟更多姿势，替代恩宠和狂喜。

2

斜靠一个转角。

呈现你理想主义的手臂的旋转。

现在，一个“淘”字替代了所有的旅程。但纸页的大浪中，并无污泥与浊水，每一粒沙，每一本书，都干净闪耀。只是，你想为哪一个书脊结束任性的漂泊，你将赠予哪一个封面长久的眷恋，或许早已有了缘由。

一切又仿佛是手的欲念。它翻云覆雨，却是，培养一本书来代替更完满的牵引。手捧回的某一本书，可能会从此牵着你，跨过黑夜里阻隔的水域。

更有一种可能，它让你生出翅翼，绕过那些被生活无限放大的苦闷。

书，一层一层，堆叠如山脉，如悬崖，如阶梯……旧书店，它没有空间承载螺旋形的优雅的扇面之美。

它裸露如一个晚年的伴侣。

4

任何一本书，都不能随意选择暴露与遁隐。

即便它们看上去，关乎类别、大小、厚薄，但在它们相遇的地方，没有边界，散漫而无限延伸，可以称之为一切随缘。

你随意拿起一本，缘分就出现了。因为你不知在此时此地，它会被你的手突然拿起。正如，茫茫人群，你不知在彼时彼地，又会与谁迎面对坐。

时间在走动，时代在前行，家事国事，新的见闻，后来又会以书的形式汇集成套。

历史变旧了，才足够伟大。事物和月亮一样遥远的时候，那个迷人的中心，才叫圆满。

书变旧了，才会使能洞见真知的眼神聚集，汉字便拥有了哲思的深渊。

7

从书籍的本质出发，旧书店接纳一切疑问的倒影。

这时，你在一叠书的背后，窥见一台覆满锈迹的留声机。你靠近它，闪着光亮的大喇叭续接了新旧光阴的更替。

黑胶片开始转动，音乐是一部电影的主题曲。电影改编自一本小说，一本小说在旧书店的书架上仍留有位置。

一切井然有序。在同一个世界。你把手上的书页合拢，让山是山，水是水，流逝为流逝的结局。

现实永存。你与世界的关系，嵌于你不愿关门离去的回声中。

（选自《诗刊》2022 年第 7 期）

今夜，一轮新的辉煌诞生（外一章）

栾承舟

十二月的夜晚很可爱，布满星星的天边，一株耀眼的月亮树，照耀你们。他在夜间行走。

两个孩儿在新鲜呢喃。窗子开着，一缕风进去，然后关闭。火车已经去远。西部正在盛开火热。夜的丑恶的意识里，风与雪的交响，拧紧灵与肉的音乐，去夜的深处，没有回头。

握住岁月和他干净的手，你把自己的勇敢给他，热情给他，让他去西部，放心做个勇敢的火车司机。

因此，你更需要做出牺牲。

瞅准了这个时辰，你心中的魔鬼来敲门了。

窗外，树已复活，变得粗暴，吼叫着。风雪纠缠，摩擦，做出块块寒冷塞满街道，清醒你的感觉。

但你心中的魔鬼来敲门了，他是瞅准了这个时辰。

露出满脸镇静的表情，你，伏在夜的窗口夜的耳谛听。瘦小的沉默如蛇一样柔软，抵抗着诱惑、寒冷和风暴。

门，关得很紧。

走出去，将有新的风暴滋生，你知道，那感觉，很美。

但你还是打灭了灯光，啪的一响，打灭了窗里窗外的一切隐秘。

今夜，一轮新的辉煌产生。

走在黄昏的某一时刻

在城市，我们是一条条用肺呼吸的鱼。我们走在七点钟的每一秒上，心，在搏跳，很累。

离了透明的水、土地、树林和村庄，我们用肺呼吸。游在污染的空中活着如一尾沙丁鱼，平均一平方米塞进去二十个。眼睛上蒙一层镜片，打量夜的深处玫瑰色的隐秘。

走在七点钟的每一秒上，我们，和玻璃柜里的热带鱼一样，总是感到空间的压迫，拥挤，缺氧。眼睛，逡巡在水银灯高悬的路上，花花公子似的，忙于享受，观察，这一切，总是很累。

即使停电，即使九点钟某酒店倏忽而来的一次艳遇，即使在某个长满水葫芦和青蒲草的河边顺手捞起几条湿漉漉的诗句，即使岁月双手合十，将中午和纷争虚拟成僧人入定式的超脱，我们依然克服劳累和其他找不着北的每个时刻

将黄昏，走成七点钟的每一秒钟，平平仄仄，如一条鱼

我们，用肺呼吸，用厚厚的镜片

拷问灵魂，并

描摹一切

我们，走在黄昏的某一时刻，感到天籁就是头顶树上的两片叶子。有思想的雨，打湿你我带着酒也似的

浓浓的忧郁……

（选自《湛江文学》2022 年第 12 期）

一个城市的精神尺度（三章）

亚　男

下　雨

那么多的雨。

下到我的眼睛里，怎么也抹不去。

我的身体就是一个雨池。浑浊的雨，透明的雨，混杂在一起。

我不知道身体能承担多久。

一年，十年，不是时间可以推移的。

就尽情地下吧。

下到土地深处。

下到无边无际。

下到天昏地暗。

浩浩荡荡地下，把山峦也淹没吧。

城市漂浮在雨中。

暗河爆裂。我在屋顶，所有的雨都归为大地。

我呼喊，雨也无法收走。

人们都在汪洋里，无岸可上。

那么多人鱼贯而入

地铁口，那么多人鱼贯而入。

身体与身体间，不可道明真相。

手机里线路绕不开出口。一旦确定了目标，再多的人，冒出地面，阳光，或者雨水会在我的脚下，按照规划的线路上班，或者回家。

我可以设定好时间，误差就一两分钟。

或许有人并不知道自己要从哪一站下车。

但又不可一直坐下去。我从他们的言语中可以洞察到。

地铁上的人越来越多，我可以听到呼吸，变得焦急。

远和近，不过是内心的一段情感。

就看自己选择的路径和方式。

飞机，高铁是城市与城市的连接。

地铁，是人与人的连接。

坐过了站

仅仅是，不经意的一次懈怠。

地铁关门灯闪烁。我走神了，这一站我是下不去了。

贴紧我身体的呼吸，转不过头。

有一种意识正在潜入。

这是一种无缝连接。

下意识特别强烈。身体发生的裂变，在这一刻闪过。

是的，我坐过了站。

看着外面灯盏，有一张脸正值青春。

服饰以外，有灵魂的尺度。

发梢触碰到的，是一阕婉约。古典的眼神，不含忧伤。

也许早就相识，这一刻是用来重逢的。

目光搁在肩头，颔首的那一列地铁，正好打开门。

只剩下这个空间，供我想象未来。

（选自《六盘山》2022 年第 4 期）

开发区：工业的白天鹅和数字的湖泊

欧阳健子

一

这是一湾蕴含科技与数据之水的经济大湖泊！

这是一只振翅欲飞一鸣惊人的工业白天鹅！

时间与科技的双手，改写了经济开发区的前世今生，给这个文化之城插了凤凰涅槃的翅膀，赋予了一张白纸花朵一般全新美好的内容——

标准化厂房和数字化车间替代了城市郊外的荒野之地和零落的村落。诗意的道路和花草替代了杂乱的坟冢和参差的杂树。智能设备生产流水线与激光焊接切割的声音，替代了芦苇的摇曳和乌鸦的飞鸣。

超薄玻璃。电子操作系统。航空航天
卫星导航。雷达跟踪系统。装备制造
电脑超算。光学感应。软件集成
绿色环保电池。电能汽车配件。降解包装

传统产业与新兴产业融合，信息化与工业化融合。央企国企与民营企业合作，招商企业与本土企业合作。外资与民营资本合作。合字之下，要素和能量犹如涓涓溪流，汇聚成湖。合字之下，草根也能长成参天大树，合抱之木。

一束转型升级的发展激光
一道闪电般的改革淬火
一股融入长三角一体化的强大风口
一只在创新湖面上展翅高飞的工业白天鹅

二

这是一座千年文化古城。“诸峰何处是龙眠，昔日龙眠今不眠”，嬉子湖的美丽湖光，倒映着龙眠山的迷人山色。

源远流长的桐城派文脉。清婉悠扬的黄梅戏唱腔。“穷不丢书，富不丢猪”的院士之乡。“让他三尺又何妨”礼让包容的六尺巷道。开发区的大地上与天空中散发着扑面而来的文化气息。无处不在的气息与工业、资本、技术、产品紧紧相连、缠绕和拥抱，知识的阳光由此照亮了技术的刀刃，无限的风光和魅力就此产生。“金风玉露一相逢，便胜却人间无数”。

不同语言，不同肤色。不同方言，不同地域。所有的客商和工程师，如天鹅栖身，在这里创造属于自己的精品世界。

他们的心与开发区的发展的脚步同频共振。像一朵花与蝴蝶的翅膀在春风里同时绽放。

他们在院士工作站、博士实验室播下新产品的种子。在车间里发芽，开花，结果，撑起开发区发展的天地。

他们仰望星空，眼帘里是一个开发区华丽转身的背影。

他们喜极而泣的泪水，哪怕最小的一滴，也胜过一切珍珠。

三

每个打工的人，无论敲键打盘移动鼠标，还是手提电焊机；无论点击自动控制系统，还是操作数控机床，他们，

用一双诗意智慧的双手，提炼黄金时代的珍贵纯度。他们的手，沾满了家乡的月色和泥土，沾满了上有父母下有儿女的牵挂，沾满了工厂车间生产线上的油污铁屑，沾满了普通平凡的烟火与灰尘。他们认真地赚取人间最干净的工钱。

一双手，从面朝黄土背朝天的土地上，牢牢地伸进工业的深

处，并由此触碰到工业的灵魂。

那股坚韧不拔的毅力，像苍天厚土的父母将一把良种播进田间地头，像水稻的根系深深地扎进土地。

从大学校园到智能化车间，青春在这里闪动。青春与大工业、大机器和大数据说着动人心弦的话题。那流动的生产线就是流淌着的生动语言，犹如瀑布般倾泻而出，词汇和想象间充满了热带雨林般宏大的繁衍生息能力。

他们用眼睛阅读着自我研发的设备和产品，犹如他们的父母在辽阔的五月收割金黄的麦子和油菜。

开发区流动着的是一股青春的风，一道创业者和拼搏者人生的美丽弧线！

四

可以定位在开发区一个企业，定格在一个国家级非遗工艺生产车间——掐丝珐琅工艺设计制作：

塑型。翻模。灌蜡。铸造。掐丝。

点琅。烧琅。磨琅。鎏金。

环环相扣的工艺流程，如同诗人对于意象的运用，对于词句的把握，如同一只白天鹅在湖面上幸福自由地嬉水。心灵手巧的大国工匠，以铜质的定力和耐心，以炉膛里火焰的灵魂，让民族的厚重历史和鲜明特色在一件铜器工艺品上，呈现出中国漆器的细腻、中国炉器的气韵和中国瓷器的光泽。它们造型各异，工艺精湛，栩栩如生。那般晶莹透亮，鲜丽醇厚，诵之如行云流水，听之如金声玉振，观之如明霞散绮，讲之如独茧抽丝。

聚焦一枚取名“金枝玉叶”的镇纸：由一只金黄色的蝉和一片翠绿叶子组成，蝉为知能了，通“枝”。叶边卷起，似经风摧，有动感；蝉匍匐不动，动静交融。一方灵动飘逸的镇纸，浑身散发着中国民间艺术的宝光宝气。

在高新区，哪怕一滴微不足道的科技之水，也能折射出工业时代的金属之光。哪怕一片空白，也能看到白天鹅飞翔的翅膀！

因为，每一滴水的背后都有一片湖泊

因为，每一片羽毛的背后都有蔚蓝的天空

人民医院（三章）

陈劲松

产　科

每一个即将成为母亲的女子都有一颗决绝之心，她将独自面对生命的陡崖，忐忑，又满怀欢欣。

一方人世间最纯净的净土，生长出最嫩的新芽，以及一条大河新鲜的浪花。

源远流长的血脉延伸出姓氏的古老的枝丫。

牵连的脐带，传承着心跳、悲喜，以及血液的潜流。

你喜悦，却流出泪水；

你忧伤，却满怀着蜜意。

有人到来，有人做了恒久的远行。

一声啼哭，嘹亮，干净，迎迓了这个新鲜又陌生的人间。

骨科，或接骨术

弥合骨头上细小的缝隙，把断掉的骨头重新接续在一起，把弥漫的疼痛的阴翳赶出身体。

牵引，复位，用夹板固定——

这身体内被重整的河山。

医者仁心，那些骨科医生，用双手布施春风，用钢钉，让断裂破碎的骨头，重新坚硬，辅之以一味味的药剂，让珍贵的健康，失而复得。

那些慢慢恢复中的患者，学步的孩子一般，轻手轻脚，却重新挺直了腰身。

那些自断脊骨，习惯于向权杖、冠冕弯腰的人啊，需要一次彻底的接骨术。

内分泌

那些微小的事物，被无视，被忽略。

像轻薄的空气流布于世界，你无法看清，无法触摸，它们，则更隐秘地潜伏于我们血液的河流、骨骼的宫殿。

它们赐予我们以安然、淡定，也会突如其来赐予我们以心慌气短，手足无措。

它们赐予我们以力量，也会把它釜底抽薪般取走。

它们让我们阴柔，也让我们阳刚。它们让我们拥有沸腾的快乐，也布下浓雾般的忧伤。它们让我们循规蹈矩，也让我们放荡不羁，离经叛道。

雌激素、孕激素、雌二醇、雌三醇、孕酮、睾酮……胰高血糖素和胰岛素……甲状腺激素、促肾上腺激素、促甲状腺激素……内啡肽、多巴胺……

这些明亮的元素，在我们体内隐身。

它们谨守秩序，我们就有了稳固的河山，璀璨的生命的花园……

它们从不曾现身，却一再提醒我们：

请别忽视那些弱的，小的……

（选自《散文诗》上半月版 2022 年第 9 期）

布衣（外二章）

徐　庶

一双布鞋被风扔到街上，成为搅动人间的一介布衣。

水一程，山一程，风水轮转。布鞋走出很远，很远，甚至，一不小心插足了别人的生活。

而别人，只习惯数人头，对它竟毫无察觉。

主人尚在梦中，布鞋，已替他消费了半生光阴。可怕的是，它过着与之一样的生活。到底遗留下什么？想想，令人心悸。

当那双鞋回来时，仿佛一个梦游的人，出现在翻供现场。

终被噩梦惊醒，主人，只剩下战战兢兢的半生。

假　山

池中，山有奇峰，月有阴晴，岛有风水，鱼儿乐不思蜀。

看上去，似乎不露什么痕迹。

多少人为篡改过的江山，入史，叫作赝品。假的在，真的遁入市井埋名隐姓，真的，羞得无地自容。

夜色中，人间一部分假山被月亮安置，剩下的，和真的长得一模一样。

我们在池边谈论历史真相，影子跳进池子，被鱼儿驱逐。

此刻，仿佛光影才是真的。而我们，成为假山的同伙。

来是一座假山，去，是被揭穿老底的移动假山。

石　狮

是岁月从石头中赚取，一份取不走的利息。常年蹲在银行门口，它所隐喻的是：世间有些息，你我都明白，是不能用的。

顽石可取出狮子、利爪和血口——相比甜言蜜语，长相狰狞之物，往往无害。

护门者，大国有重器，小家靠门神。狮，扮演的是代替石头出场的配角。

狮吼已被沉默驯化，不测体温，免查场所码。天下善恶，看破，却不道破。

因此，它不背骂名，不管加息减息，能在一个路人皆知的岗位持续干下去。

（选自《诗刊》上半月刊 2022 年第 9 期）

清澈之眼（外一章）

葛道吉

开，就进入幽深的历史之巷。

封，便被两只清澈之眼注视。

有森森然之感。我面北而立，看到了放射的庄重与威严。有风飘过，忽而掀起衣服的左摆。是东风，饱含温和、体贴、善意、明理，甚至，刚正的默许。

再感之森森然。我仍面北立，汹涌的庄重与威严逼迫着。有风又起，刹那扯开包裹的胸膛。是西风，携带审视、乜斜、疑惑、直刺、甚至，胁迫的较真。

不由你挺直腰杆，阅读朝阳，巍巍升腾的霞光笼罩了全部的世界，把你的思想理智与跳动着的神明牢牢攒紧，朝着太阳升起的地方，挺胸阔步。用你漫长、简短而丰满的人生，做一回正义的丈量。

就鄙视小人，远离斜仄，尽管你摆脱不掉低级庸俗，离开不了腐败奸诈，就只管欣赏水里的莲花，抑或季节造就的高洁而华贵的菊花的芳容。剩下的，尽有“它”的去处，那是“牛头”“马头”、更是“狗头”铜铡的事情，寒气凛凛的血刃。

我在森严中肃立。我在肃立中醒悟。便清明起来。对视了那两只炯炯之神明。

左眼是杨家湖，右眼是潘家湖。两湖接纳大宋于今的日月星辰的灵光，在眉宇间写有“开封府”枢纽机关的存在，飞檐翘壁的古建雄姿沉稳出风雨烟尘的迷离，思想的深邃灵动着眼睛的明灭。心头一时泛起湖面上的微岚，忽而金黄、艳红、紫蓝、浅橙、翠绿，七色祥光笼罩着眼睛，装扮着开封府，那面对世界的历史深巷走来的威武之门，是开，是封？

就有霞光洞开一条鼎沸的甬道，在两眼的多彩微澜里，涌动着瓦片的磷光。

远古的琴声

说到“神”一样的存在，似乎说者眼里也有了“神”。

那个有点寒冷的日子，菊，喜出望外。

此时，我领略了“神”——古代音乐之神。跫然的脚步，就坐在那个“台”上，猝尔发出动听之音，曼妙，吹？

眼看着哗啦啦的落叶，在汴梁的黄沙大地上奔跑，不是万马奔腾的飞扬，似乎和着一种天籁的音节，一会儿高山流水，一会儿雪落无声。

一个姿态，神目迥异，有醉意，身体朝右臂微倾，左臂在初春的柳枝上舞蹈……有洁净如雪的纯美，翠竹有节，龟裂之势妙不可言。

齐地，晋土，抑或汴京，屐痕处处。但，这里只说万物知春、和风荡涤，清洁凛然、撕帛裂竹之快意，至于仕途勤勉、政治功绩权做下文。

悠扬传世今日，仍冠盖界派。是精神！治学精神！有谁能专一到抛弃自己的眼睛？是传说，更是一种敬仰！

五彩灯下，聚光了传统的各种乐器包括打击乐，近百位音乐传人举着师旷闪闪发光的名片，在指挥棒的统一下，高山、云雾、雷雨、冰瀑、星辰、亮月、小桥、暗流间或远与近、重与轻的爱恋般柔和，让台下聚精会神，眼里满噙了泪花。

情到浓时的流露？牙齿如此洁白。

灯光的旋转在无数人眼里射出遥远的光芒，直至春秋时期的朗月和春阳，以致朗月亲和着的洁净之色。

细雨霏霏，有寒气，无人所动。

（选自 2022 年 10 月 19 日《开封日报》）

指南针（外二章）

陈波来

他们谈论着磁场，谈论着万物之间吸引或排斥的秘密。方向与方向的吸引，被用来指明方向。对，就是吸引二字，掩饰了相向的摩擦、绞缠及撕扯。内部的机巧，又使一路的坎坷周折与穷途末路，归于平静的表面。益发精致的金属匣子和细密的齿轮发出低低的笑声。我终于，还是没有站到他们所说的排斥的对面，我没敢在吸引并跟从之外，去打听一条不因非此即彼而破空远走、响遏行云的路径…… 如果我是你，如果我像你一样年轻，我想我会试试。

听　海

那就来入海口。

水为你放低姿态，让你见证一条河流的去向。陆岸有看不见的高低与倾斜，流水依然平缓，没有出山时的奔泻与湍急。但你能听出那深处的旋流之声，有按捺不住的欢畅，仿佛千万里路跋涉后终于回家的一声喟叹，一种纾吐。

你还能听出那深处海与河的汇融。海水高举一盏盏盐粒的灯，等着河水挣扎着认领，无边的蔚蓝也在吞咽任何一丝浊流。海一直轰轰作响，浪潮上跑着无数河流的影子。你高兴的时候能听出海在笑，悲伤的时候能听出海在哭。我不用给你任何安慰。

背过身就是一条蜿蜒河道，你不必溯源而上，也能听出整片海的来路和前世。

当你听海，当你来到入海口。

火焰表达了什么

什么也不能表达……至多，是被压抑的、被刻意层封的燃点，突然得到的一次唤醒或一次释放。火焰在把自己撕开。它撕开得越多，升腾与幻化就越大。灼烫的热度让人不敢过于亲近。当然灰烬，也就来得越快。

灰烬说：不要把你想说的，一次就说完。

恍惚的是，这句话到底是灰烬自己说的，还是火焰借助灰烬说的。

或者，有什么在借助火焰表达。比如从嘶嘶狂作的炽焰中，我看得到迟来的春潮，翻卷昏昏欲睡的海面；彤云垂天，整个锚柱生锈的入海口被烧红。我想要火焰带走的，是旧的、久无生气的入海口…… 一次就一次。

（选自《诗刊》2022 年第 7 期下半月刊）

生活流（二章）

徐澄泉

揣度一只鸟的心思

住宅小区里，树木森然搏人。高蹈的姿态，挡住了小花小草的阳光、想象，和飞鸟的歌唱与远方。

有人看不惯。

一个权威，一道命令，一把电锯，腰斩了它们！

我在刺耳的伐木声中醒来，看到恐怖的刑场和战场——横尸百万。

花香被践踏，躲进了草丛和泥土。

不闻叽叽喳喳。平日里上蹿下跳的鸟儿们，一个个，逃难去了……

还有一只不怕事的鸟。在我高居九楼的窗台上，一羽单薄的黑衣，在瑟瑟秋风中展开，作奋搏之状。但它没有欲飞的样子。我仔细观察过这只鸟的表情，没有恐惧，没有悲痛，没有愤怒，宛如平静的水面波澜不兴，而水底，似乎潜藏着漩涡，或者激流。

这只孤苦伶仃的鸟，可怜兮兮的鸟，它一定若有所思，深有所悟。以我人类的眼光和俗世的观点，我揣度：它该是从树木的厄运看见了自己的末日。它或许正设计着自己的未来：假如还有来世，宁作一棵被腰斩的树木，也不愿作一只流离失所的孤鸟。

（至于那些被腰斩的树木，我想，它们或许是这样的想法：假如还有来世，宁做一只流离失所的孤鸟，也不愿做一棵被腰斩的树木。）

银杏树下

阳光铺天盖地，把一树银杏泼得金黄。

一匹被季节骄纵的叶子，它的拳头落下去，轻轻地，轻轻地。叶之初，性本善，它怕砸伤树下的审美者，却无意砸出一个小女孩娇滴滴的哭声。

——爸爸！小女孩扑向爸爸。

——妈妈！小女孩扑向妈妈。

我在冬天寻找美，刚好用镜头捕捉到一家三口的幸福。他们家幸福的指数，装满了我相机的空间。

而我脆弱的心脏，被小女孩的哭喊挤压得越发急促起来——

她叫一声“爸爸”，我按一下快门，我的心就跟着痛了一下；她叫一声“妈妈”，我再按一下快门，我的心又痛了一下。

我得承认：我老了，承受能力远不及一个小女孩强大。

（选自《星星·散文诗》2022年第6期）

把我用旧的人（三章）

杨梨民

爱我的人，都是把我用旧的人

作为自然的人，我们活在身体里；作为社会的人，我们活在身份里。我们用嘴巴吃饭，也用嘴巴说话。

吃饭支撑我们的身体，说话支撑我们的身份。社会就是各种经纬线组成的坐标，标识出我们每个人的身份和位置。

每一个我，对于别人来说，都是他人。但事实上，我们从来也没有活过自我。因为我，是依托他人才得以存在的。是靠他人来指认的，是靠他人来评价的，也是靠他人来命名的。

没有他人，“我”是否存在？这是个问题。

我们的名字，都是他人用来喊的。他人用来叫的。他人用来称呼的。

当它作为汉字符号的时候，我们自己也用得更多。但也是用来区别于他人的，从他人剥离出来，被他人看见和读出。

它是否就是另一个“我”？

如果世界上，苍穹下，宇宙中，只有我一个人，拿名字来干什么，拿身份来干什么？

我们在各种身份中得以确立，也在各种身份中身不由己。它是一种标识，也是一种罗网。

身份在我们身上发光，身份在我们身上叮当作响。

有些身份是我们自设的，有些身份是他设的。

有些身份是先天的，有些身份是后来的。

我们居住在身份里，动弹不得。

作为儿子，我们是被母亲用旧的；作为父亲，我们是被儿子用旧的；作为丈夫，我们是被妻子用旧的；作为妻子，我们是被丈夫用旧的……

委身人世，使用自己。

最终，我们是被岁月和自己用旧的。

那人在街边下棋

守的是将和帅。

但每个下棋的人，何尝不是把自己当成了皇帝？

他有三千兵马可调动。还有诸般武器。

有人干脆把战场摆到了大街上。围观的人不少。均乐此不疲。

因为有很强的代入感。

一个虚拟的战场，每个人都可指点江山，运筹帷幄，决胜千里。

暂且把世事抛在脑外。把妻子和油盐柴米抛在脑外。把曾经做过的梦再做一次。这可能是离庙堂最近的距离。

棋中有厮杀。棋中有嫔妃。棋中还有一个空着的职位。

关键一轮败了，还可再来。就算遇到兵谏，尚有退路：悔棋。

在一条无名河上

人们总是习惯于追寻河流的源头。

其实，每一条河流的源头，不在雪山的峰顶，便在小草的根部。但是，河流的另一条隐秘源头，却是难以追寻的。

它从时间和历史的深处流来。

古人发出“子在川上曰，逝者如斯夫”的喟叹。其实，多少今人成古人。然而，那条河流一直存在。存在于无数古人今人的脚下。

这是一条什么样的河流呀！有时候显形，叫长江，黄河，乌江，酉水。有时候仿佛就是我们身体里的血管。

有时候又隐藏不见。

没有具体的肉身。

我每天坐在这条水边，以河洗河，以水洗水，把日子洗得干干净净。放眼望去，上游站满了人，下游也站满了人。

然而，每个人都在洗自己。没有人能够帮你一把。

每个人都有他自己的一生要洗。

他们洗呀洗呀，河水没有增高，也没有变小。

这些河水，就是这样洗呀洗，有的被洗到了这首诗里。

（选自《散文诗》2022 年第 4 期）

叶坪以红色叙事（外一章）

白炳安

革命的词语从瑞金一出现，贴在叶坪的墙壁，牵引所有的目光，注视一个目标：枪杆子初生的政权。

越过以往的硝烟，旧址群的一砖一瓦，念念不忘那些枪林弹雨。

叶坪以红色叙事：一个伟大的称呼，从这里喊出，响遍九百六十万平方公里。

弹孔消失。

废墟不在。

走进叶坪，可见村野盎然出一片生机，繁荣代替了荒芜。

重温昔日“苏区”的历史，那个满腔热血的体温，不冷，依然热在叶坪。

红井的故事

沙洲坝的红井，溢出的水，不是“红”的，却有红色的故事。

一个带头挖井人，无惧辽阔的天昏地暗，在 1933 年 4 月的某一天，为一支队伍解决了闹革命的饥渴。

井水制造的镜面，映照出镰刀与铁锤的本色。

提起的水桶荡漾出的水声，不是一阵风一吹，就可以吹灭的。

一路洒湿的脚印，通向万里征途，留在雪山草地。

如今走近红井，提上一桶水，不饮，都要思源。

我可以遗忘我的来路，但不能忘记它的历史，更不能背叛打下这口井的人。

深藏在泥土中的流淌，有水的温度，留在瑞金的春天里。

红井的石头，一直在回味甘泉。

（选自《散文诗》2022 年第 7 期）

虚掩的门

红线女

1

这一条路很远，远到怎么也看不见尽头。

那一扇虚掩的门，有时紧闭，有时半开，总是掩映在芭蕉树的影子里。

其实，我在老家没有门。被一些看起来熟悉，实际上还是陌生的事物遮盖着。

何家坡静默，辽阔的静默此起彼伏，隐蔽在夏天无尽的葱郁之中。

蓝天上有云，像鱼肚白，像小绵羊，像小飞鸽，像北去南回的大雁，在村庄的上空缠绵着，迂回着，有时冥思，有时苦想。

2

然而，黑夜总是漫无边际。

它笼罩了一切可以通往你的路。

即使我总在黑夜里去黑夜里归来。

黑夜留住一些凄惶和落寞，把一些爱捂在胸口，严守，对谁也不说。

把一些痛捂在胸口，风来雨去，任谁问，都不说。

3

其实，只有爱是不够的。

谎言太多，爱怎么也穿不透，更无力承受。

就像我从来就不在老家里。

我只是过客。

只是努力去爱过。

像曾经经历了千山万水想要去拥抱的一个人。

这个人，似乎成了记忆的一部分，满含着我与生活的热情和期待，而另一部分，似乎变成了本能和习惯，不得不爱。

或者，不得不痛。

4

那些美好的明亮的记忆总在过去，或者一直在消失，但又不仅仅是消失。

看起来有些古老的黄桷树，有些蜿蜒的小巷子，有些斑驳的白墙上，斑斑点点，模糊，又不完全陌生。

就像在时光中还在沉睡的土地庙，却被掩藏在绿树林里，像小城堡，像没有主角的童话；寂静、苍凉，却并不安详。

（选自《星星·散文诗》2022年第11期）

七月树果（外一章）

林　绿

果实的香，你闻，它只是静静的。

要走进那个范围，你的鞋子必须踩住落在地上的碎枝，一些黑的小的圆的果实，它才开始猛烈，撞入怀里。

像这样，以一种你的速度，创造你经过的声响。在一个不被命名的傍晚，果实熔进它的钟表。

而你，还会不会像一个孩子，为了果实的气息坐下、打滚、哭鼻子？

你的手已经迅速成熟。旅程推进。无以计数的衰老，历经每个人身上绝美的年轻。你的鼻子有最骄傲的侧影。

你还会不会像一个孩子，为了遥远的星辰辩论、沉陷、红着眼眶？

香，像一只白蝴蝶，沉进水里，翅膀翩翩……

一组反义词

他爱他的绒帽。她爱她的手镯。

他从不在寒冷的节气问，你好吗。她总记得难过。

他的鞋子是她洗的。所以，不准在雨天乱走。

她的香芋是他跨过春的露水，冬的风，背来。总算有点长处。

他对爱绝口不提。提来的，都给她。多么无聊啊，她说。

这么多年，他们一直没有离开过彼此。

这么多年，一组反义词。

（选自《扬子江诗刊》2022 年第 4 期）

陶罐上的鱼（外一章）

苏建平

精美的陶罐沉睡之后出现在都市的窗口。这久远的古代啊！这些被捕获在罐子上的鱼，这些在罐子上重生的鱼，在精致的固体中啪啪作响。它们欲动未动的临界使我们忘却窗口之外的声音。我们很快坠入回忆。我们面对自己的居室时陶罐依然沉寂，注视它，眼中的盲点处古月照着远处的祖先，他们在祈求平安。

你看：来到身边的这些不死之鱼，使我们多么渴望成为一尾流动的鱼啊。

陶罐的平安，我们诞生时子宫的水，

比远处的旧友更加接近。

花　事

在离别的时刻，他为她买了一盆铁树和几盆鲜花。

他们才结婚；才结婚就要别离。那些花儿开始陪伴她，随她一起来到阳台，来到阳光中。出于爱怜，她会把花儿从骄阳中挪移到凉爽的地方。那道阳台边的门，在沉思中见证着两团生命进进出出，出出进进。在一起时，她和花儿是何等的互相体贴。

互相体贴着：她甚至都不忍让一片叶子枯萎，绿叶中长出绿叶来，投下更多生动的影子，那才好呢；那些花儿，日复一日，终于开了一些，又一些开了，蓬蓬勃勃，热闹异常，花的光芒照亮了她的双颊。那是有了孩子的征兆。

花事的流逝中，每个周末，都有叩门声。他会回来，温存妻子。

花儿开满了四季，铁树却苍翠，不见花开。

他们内心里更清楚一个事实：铁树是一生性的，而非四季性的；所以他们走着，共同等待着铁树开花的奇迹。

（选自《诗刊》2022年第7期下半月刊）

夜晚抵达一座城（三章）

武强华

去香山

去香山，看曹雪芹。

坐公交出城，车越来越少，人也越来越少，越来越开阔、安静，倒不像是喧闹的京城了。

透过车窗，看到香山八十一号院。很神秘的样子，忍不住想谁会住在哪里呢。

曹先生住在香山植物园里。原来北京除了霾，也有湖光山色。

天蓝，草黄，阳光明亮，香山依傍。一个人走在山路上，感觉天地唯我与万物相伴。

曹雪芹故居。黄叶树、木屋、青花色的门帘，料峭的树木。萦绕着让人心碎的《枉凝眉》。

冰冻的湖面，远山、枯草、黄树。一切寥落都是空旷和温暖。

湖面上冰冻的树叶，像鱼群游在水面上。

黄色的蜡梅，开得犹豫，但很香。

五米三的铜卧佛。

没有饥饿感，但特别想吃东西。

温暖是另一种锋芒

郊外这么好，索性坐公交去另一个地方。经过屯、庄、坞等大大小小的村庄，对北京的印象又扩大了一圈。

古动物馆。远古的庞然大物的骨骼、锋利的牙齿，被处理后，看起来都像是假的。

蝙蝠的骨骼化石。蝴蝶的骨骼化石。原来那些柔软的血肉之躯与石头融合在一起，也能不朽。

能成为一块化石也是幸福的。

古人类馆里面全是人头骨—— 二百万年之前的人头骨——难以想象二百万年这个时间概念。

温暖的诗是否需要继续写下去？是否在文字中更尖锐一些？

京城煮雪

北京落了一层薄雪，这样的天气，应该在炉火上煮着什么才好。

雪边下边化，真的就像被煮着一样。“煮雪”这个词真好！

再谈昌耀，内心有一种说不出的苍凉和疼痛，但一开口，便觉得轻薄，不能言十之一二。我在昌耀文字的场域里，如在茫茫戈壁高原，那些细碎的雪粒如针尖不断地扎在脸颊上。

和北京的雪如此不同，昌耀的诗是固体的，金属质地，每一扣之如有轰响。

（选自《星星·散文诗》2022年第8期）

简单如斯（外二章）

席　地

最接近简单的我们。水龙头流出的人物。在所有的艺术的怀抱中。失眠症患者主动挽救了它们。墙有力地提示我们。我们必须符合什么样的标准，才能站立。才能与它一起站立。艺术在鉴赏着我们。我们能带给你们的启迪是白色的束缚。也很简单。

成年滑板

增加些灵动。在弯道。在弯道你要超越的时候。你不能笨拙地扮演那个角色。投入虚伪之中。作为对自私自利和没有原因的轻视的回报。有时候你要拒绝他因虚伪才脱口而出的心里话。在滑板上，它逐渐成为一个成年人。一个成年的滑板……也令人不安。

平行物

他伫立。与幻觉平行。也就是说还有一个幻觉的他。身旁还有一幅画。大海与礁石。他没有望向它们。与它们平行。空中有一团不规则的白光组成的类似于岛屿的东西。它们渗出光来。与他平行。不远处还有一盏灯从背后像是要偷袭他。这次与他形成了角度。

（选自《诗潮》2022 年第 1 期）

都市丽影（二章）

笑嫣语

回声·音阶

在反向的钟声里，每寸光阴都在建构新的图谱。

我们在 B&B 俱乐部谈到乌托邦，谈到女权和小资的对立面。

黄昏之后，花蔓以内在的秩序，打开自身的河流。

我们谈到面部瑜伽和身体瑜伽都具有植物的属性。

刮痧，艾灸，理疗，一块砭石，以柔韧的质地从第一根筋络开始，取其力度“重而不板，轻而不浮”。取其速度“快而不滑、慢而不滞”。

在落花的秋日，疼痛沿经络游走，慢慢打开的通道，制造时间的落差。

从落地窗向外看去，乌桕树下，有些审美是倾斜的。

有时你带着毛姆的面纱，穿越图书馆。在表情的转换中，以顾客的身份使用隐喻和象征。

从修辞学到主题学，几回花下弄晚笛，一座都市的情节，需要交换新鲜的语言。行走的个体主义像吟咏的但丁诗篇，时间之上，自约赏花人，创造戏剧和结尾。

“为谁风露立中宵”？鱼翅，燕窝，汽笛，鸽哨……所有花香里的事物，都曾在万物俯身的倒影里，踏浪讴歌，坚持——蜕变——再生。

当灯光全部打开，你说，割断过去，意味着割断自己。

梦中的缪斯踩着《安妮的仙境》踏浪而来。

我们听到一种声音召唤理想与信念。那是种子进入泥土的声响。

庄园 · 影像

竖琴平稳的音阶，穿过细雨霏霏的斜坡。

你沐浴太阳雨和金花果，在从北向南的迁移中，转换剧场。

偌大的卡菲诺庄园，在橱窗的倒影中，追寻那道天际线。透过黄金内部，影像的记忆高过虫鸣和小夜曲。

从蒙娜丽莎艺术馆到纳德伯格庄园，我欲穿花寻路，获得海水珍珠恩赐的光泽。某种意义上，林间空地升腾着外在可见的生活。黄昏返照的光线照耀着新生的维纳斯，她处在动态的陆离之中，在形而上的静谧中，优雅的神情继续一种内在的生长。

不觉间，已是“树树皆春色，亭亭尽朝晖”。

旋转的漂浮木，在遐想深处，直入林丛。棕榈树下，一条惊觉的清溪，被八孔箫缓缓打开，吹箫的女子，细巧，灵秀。像你手中的高脚杯，淡雅，精致。

站在布满油画的大厅，宝马雕车香满楼，你把每个细节做到极致。

长汀之外，孔雀蓝披肩映衬你姣好的容颜，虚构与现实的色彩，恬静，高贵。身影起落的画廊，班得瑞的旋律一点点浸润着我。那一刻，卡布里的月光，圣洁，明亮，仿佛没有忧伤。

你走在南方的边陲小镇，走在披荆斩棘的路上。一个北方的小女子，也如勇士一般，屹立潮头，巾帼不让须眉，侠肝义胆，豪气方刚。钻石与彩宝有着亲油疏水的个性。在它们交互分离后，反射性火彩内部往往重叠石之美者的刚柔相济。

走过庄园，花海栈道在双目间行走，紫罗兰和勒杜鹃相互应和，酷似一座都市的情结和附言，鲜活又浪漫。这个秋天，你牵着粉纸扇的手，在旋转的黄昏下，经过一棵朴树和回响的绿色，把影子一再拉长。而脚下的薰衣草愈发馨香。

再次仰望红树林一群群起飞的海鸟，紫花与绿树的国度，面向大海苍茫，一次次在涛声和海浪的舞蹈中伸出臂膀，仿佛在与远方的自己不断拥抱，重逢。

一壶黑茶，两杯摩卡。我们在细斟慢酌中修改着未来的蓝图。

经受椰奶与蜂蜜的洗礼，那只夏威夷木瓜在诉说：薯格与牛扒形而上的情感指南与艺术音色。像你钟于清光一鉴的信念。

（选自《星星·散文诗》2022 年第 3 期）

一枝荷花迎面走来（外二章）

张首滨

在一条称之为路的上面，尘土飞扬。

俗念窃窃私语。

远处紫色生烟，近处人声鼎沸，我行于其中；在有向往的地方，悠然的里面，是一句长空的雁叫，欲落未落。

已是秋天，远处的菊回到篱笆处，霜在不该出现的地方出现，拿着白；而酸涩的不只是未成熟的葡萄，还有一种人的尴尬和梦后的迷蒙。

然而在一处路口的转弯人头攒动处，清清楚楚飘溢出一缕芳菲，飘溢着丝丝的清凉，令人惊奇。

我放眼寻之，

只见一人手持一支荷花迎面走来。

那心思就一动不动

有一种清叫荷，打开一瓣香，打开了一瓣皎洁。

绽放是在温馨中，风知道怎么来也知道怎么去，留下一只会飞的小蝶围绕其上，而沾染芳菲的不是手指，是头顶上飘飞的云朵，这样说真有点诗意。

周边在图文并茂。

这时几只不常露面的鹭鹭，听到六月的雨响，在一片空寂之上鲜亮了一下。还有谁要来，叶动在一些人的怀里，缤纷的色彩袒露在外边，也展现在里边。

谁在旁边悄悄阅读？

荷把一粒心思放在静的下面，那心思就一动不动。

花半开，香不半

这时花开一半，剩下一半，花半开，春不半。

来的是一只平常的风，只到这岸不去那岸，这岸一亭一桌一壶茶。而吟哦的句子，拟古，柔软，跟着雨一粒一粒落水间，鱼食之曰：甜。

一只鹭，高卷裤腿伫立一边，一会儿立左一会儿立右，无多说道。

在的都在，寂的归寂。

水的清不夹其他色，波动起来是碧。

还有谁距这花不远，那就是梦中的一只蛙，从里到外寸丝不挂，而怀抱的云朵时卷时舒，轻重多少？不说一句累。

在荡漾之中，第二只月圆明着，这样来也这样去。

此时是黄昏又不是黄昏，天空霞光仍灿然，不远处的嘈杂还听得见。然而是谁在垂钓？用的是直钩，也知道这样钓不到啥，只是要借水洗洗钩上的尘。

而那开半的花，还在半开吗？

花半开，香不半。

（选自《星星·散文诗》2022 年第 9 期）

那一片理想之地（外一章）

宋晓杰

据说，那是摄影爱好者喜欢的场域，那是户外探险者放飞自我的乐园。于我，那是我的理想之地。

源源不断地奔赴，完全是由于：热爱。

那一回，我们去时，堤坝上，还残存着谁用砖头临时搭建的灶台，谁编结的毛毛狗的小鸟儿——它们是小小的磁石，压住了我们惊慌的阵脚。

空镜头。原风景。纯粹的静美，又额外添加了人。

没有见面的人，使视野所及的洪荒空旷，瞬间填充了缺少的烟火气。理想之地，一下子活了。

一片开阔的河汊之间，大批红色长脚鹬起飞、降落，降落、起飞。像小型飞机，在河面上盘桓，鸣叫，嬉戏——“像鸟儿一样自由自在”，这句话，会不会源自这里？

不远处，河湾边留下的排排搬网，是残存的人类遗迹，是古老、原始的再现，是故事的索引、延续……

越开放，越鲁莽。越文明，越可疑——如果没有湿泥的腥咸，如果没有鸟雀的欢歌，如果没有狂野的风。

静。一头巨兽在沉睡，迟迟不愿苏醒……

是鸟儿，帮助人类找到了翅膀，是荒野借人类升腾了灵魂。

想到的不必说，看到的不必动——是你原来的样子，刚刚好。

——处子之地。

你的湿润、新鲜与蛮荒，是世界的良田——你也必定是良种。是生命中不可或缺的咸，或盐。

知足。惜福。蒙恩。

眼前所见，即是无限。

旷野是一曲悲歌

——巨大的交响，无人倾听。

冰雪封住了大河的喉咙。缄默。隐忍。权且为之。

作自己的乡野村夫，也作自己的王。

我看过干涸龟裂的河床，看过河边一夜白头的芦苇，看过啼血哀鸣的鸟儿，却没见过哪一片龙钟老态的旷野——因为，你的荒，频繁地为你镀着个性鲜明的成色。

荒野不老，老去的，终归是人。

似某种约定俗成的隐喻，你在经典中生动、永生。

旷野是一曲悲歌，日夜等着那个策马扬鞭的人，绝尘而来。

——也许，终生也不会有。

（选自《星星·散文诗》2022 年第 8 期）

贴近地面行走（外一章）

李俊功

终于，道路不弃，逼仄的身影，闪现，亦是闪亮。

痛饮内心的泪水，你和蝴蝶飞过眼前险阻的大山。

山外，溪流贴紧了地面行走，找到茫茫人世的出口。

疾病沉如磟碡，身子轻飘如蛛丝。

风吹吧，一丝一丝地吹，一层一层地吹，吹尽她一生一世的愁绪，吹尽历生历世的罪孽冤仇。

她祈祷清风，内心掀起十二级风暴。

跟紧溪流，渡过水，渡过碎石，渡过一切很急的东西。

她仿佛掏出了身体的疾病，在缓缓的流水间，清洗。

她看见突然面对着她的蓝天，看见蓝天上方永远的远方。

苍鹰贴紧蓝天的蓝，提起她的仰望和一下子无法控制的长泪。

突然惊醒似的，她发现她和世界，已经重新诞生。

滴滴滴，比嗅觉更灵敏。

画着红十字的汽车，震颤天地的鸣笛，仿佛一条长路，掘开了顽疾人间深深的隧道。

外乡人的梦

冲破谜团，那么多在外乡奔波的人，在一地露珠上认定一生。

命运的车马颠簸，远路长长，给他三分钟，倒尽一肚子苦水，他要踢开黑夜的围堵，走进曦光。

光阴的角斗士。

飘过阴影的云朵。

向力气和手艺致敬。

向一寸一寸觉醒的日子放歌。

向崚嶒的山石猛兽怒吼。

是我众多的至亲！

是我超时空的心灵呼应，陌生的熟悉。

朝东去钻木，朝南去取火，朝北去涉水，朝西去掘金。内心的低语，沉着，果决：凭良心，尽责任，足矣，足矣。

做身心明亮、分辨得清的工作：明月，蓝天，红日，甘霖，可与吉祥之神会见，可与天地和气相约。

踩于泥地的双脚，拄着陈年积雪、熊熊炉火、废弃的往事，跋涉身体的前头。与清苦谈笑风生，绝不自馁。

都是我早先认识的人，别拍打掉双手泥巴，识字的微小土粒，均是寄达的万卷家书。

身体的火石磨炼风骨和谋略。

我想和你们一一握手，不言不语，浏览流云过，倾听清风至。

（选自《星星·散文诗》2022 年第 3 期）

节日（外一章）

王小忠

傍晚的贡巴滩比正午热闹多了——

老人们转动着吉祥的玛尼，妇女们穿上盛装，在草地上坐成圆圈。

贡巴滩失去素日的拘谨，变得狂野而粗粝起来。

和来自不同草原的牧人一样，他也在贡巴滩上高兴地徜徉。

这样的日子不多，必须逢到喜庆的节日，他才能做个美好的梦。

贡巴滩仿佛巨大的画布，画面上的人们不忧伤也不孤独。

晚上的贡巴滩比傍晚更热闹。

他和群人一样，搜寻属于自己的猎物。

但他忍住不说，藏在光阴中的爱与恨，还有转瞬即逝的欢愉。

刀　告

迷醉的歌谣来自远方，来自金色的草原和吉祥的花滩。

太阳跳出云海，朴素的车舆带着清脆的响铃，寂静的早晨神圣而安详。

天地一片空寂，空寂里万物生长。

千年前，盗匪和马帮留下刺刀与灰烬。

千年后，他牵着小红马，来到名叫刀告的村庄。

屋后是数不清的虫蚁，它们忙碌搬运，从不辜负时光馈赠的富裕。

万物沉静，茫茫大雪下，唯有四周的柏木安静地生长，它们在雪的滋润下，静静守护刀告的安详。

（选自《星星·散文诗》2022年第3期）

写真：大赫章（二章）

陈旭明

家园和人

一蓬野火点燃落日。

从铜鼓声中走出的，是高原之子。他们聚集大野，脚步惊散风声。这里是最为偏远的乡邑——创造世界，女人以乳汁，男人靠汗水。

他们安置家小、开垦、编织。他们叩石取火、掬月止痛。

在娃崽的啼哭声中，第一缕炊烟升起来了。

世道崎岖，生存至上。“坡改田”—— 从一堆堆乱石中间，他们种植春天，深信只要汗水还在滴进土里，秋天就还活着。

好女子，会当家，善待亲人般，把房前屋后拾掇无遗，从不让茅草高过屋檐。

从田里归来的男人，弯下腰，脱下鞋子一样的月亮，轻轻搁在门槛边。

稼穑耕作，与野兽虫豸打交道，如今，每个人都能够喊出山上每一粒泥土的乳名。

一首首口口相传的山歌，有调，无词：传子。传女。传孙。唱给祖宗听，也唱给神灵听。

白头帕。铜耳环。

存敬畏。知卑微。

……村寨、朝代、季节；苞谷、烈酒、牛血——他们把每一天细化为“日子”，拿碗盛，拿手端，拿牛绳系，拿山泉洗，任凭一截藤索把生活勒出命运的咬痕，嘴角，依旧紧紧地抿住。静到深处，推开窗，把艰辛，化作昂天一声雄性的“哦……嗬”！

鸟飞过，一地纷纷的岁月之翅；

灯火熄后，祖宗走过的脚步声仍在天空旋回着。

风轻了。像菩萨来过。

花　海

把花，栽到天上去！

不必要聚集欲念。必须解禁修辞。纵然我在白纸上囤积了一万零一个春天，面对一朵野花，若是笔不带有铜声，一阵过路风，也能把诗句全部连根拔起。在“世界屋脊”上，尽管寂寞有着往事的擦痕，她们立足于斯地，不事喧哗，披风雨，衣霜雪，在猎猎山风中宁折不弯，却在民谣里柔可绕指。

四季过眼缤纷，不耽于浮光幻影，她们谨守时序，整饬礼法，改善环境与气候之间的僵局。谁会一生与苦难耳鬓厮磨？偏要与侠气道义永远肝胆相照。居，与百兽为睦邻；行，则和日月星辰结伴，季节一到，仁厚的山民勤于剪枝，以免绊住春天的裙子。迷路的牛羊，从不践踏庄稼，都会绕过花朵。

花如人。人是花。

乡愁，离开了地理背景，就类似于没有红晕的笑。那么多残山剩水，多么像天堂用旧、废弃的旧家具。走遍花海，三千烦恼轻如掌中风，不要高声说话，这里的幽静，纵你一掷千金，也买不起。

要耻于孤独如春韭，割了又长。有这里，愁不过夜，爱，就穷尽一生。

美我家园。每朵花都是高原写给神的感谢信。

（选自《青岛文学》2022 年第 9 期）

祖传的村庄（二章）

莫　独

打　谷

黝黑的双手一次次高高举起，举到季节的眉头。

比双手举得更高的，是一捧金黄的稻穗：饱满、辉煌、灿烂。

这是一个成熟的季节，梦想亦和汗水一起如期成熟。

刚刚过了尝新米节，长者的祝词还浓浓地泡在喜悦里，小小的村庄，就紧随劳动的步骤，敲响了第 N 次收获的钟声。

激情澎湃，金色的波涛在秋天的胸膛上肆意潮涌，丰收进行曲被一粒小小的谷子惬意吹响，每一颗心都那么敏锐，准确无误地捕捉到了鼓点的跳动。

古老的谷船，像一只命运的帆船，在稻海里认认真真地航行。

臂膀起起落落，一记记“咚、咚、咚”的重击声，是推动谷船前进的鼓号。

田　棚

秋天，刚打下谷粒的稻草，一把把从腰上部系成束，一丛丛撑开晒在田埂上。

父亲说，田棚的草顶枯朽了，需要翻新了。

1980 年秋收后，村里落实联产承包责任制。分完粮食，多利河畔的老祖田，亦重新分回到父母的手中。当年，喜不自禁的父亲，就急不可待地带着几个亲友，在最大那丘田的一角盖了一间田棚。

劳动的间隙，父亲和他的水烟筒，首当其冲先做了田棚的主人。

随后，锄头、弯刀、犁铧、木耙，亦一一住进了田棚，还有一窝鸭、几只鸡，而一座火塘，则占据了最佳位置。

寒冬的夜，那条庞大的牛，亦挤进过田棚窄小的竹门。

田棚，梯田简易的家，偶尔，亦被不请自来的爱情，趁黑悄然打扰。

（选自《星星·散文诗》2022 年第 7 期）

我的小村庄（二章）

谷　莉

亲爱的雪人

很久以前的冬天，雪下得特别大。但是雪花不管多大落地都特别轻，比梦还轻，我猜她们是梦的妹妹。

我总爱做梦，也就是说梦是我生的，那么雪花差不多也是我生的。

一早醒来我就懵了。那么多的雪，把窗门都堵上了，怎么推也推不开。这时候我能肯定，这些雪根本不是我生的。雪花跟积雪不是一回事儿，积雪就是白皑皑的大山。

我听见雪的声音，咯吱咯吱的，是有人踩它们了，它们在喊疼。当它们不喊了，门砰地一下就开了，我大吃一惊，天哪，我看到一个雪人和他挖的洞！

雪人浑身是雪，他一动，他的身上就开始下雪，于是我乐了。雪人露出慈祥的眼睛，张嘴叫我的小名，我应着，看着他霜雪的胡子一抖一抖，更加乐不可支。

以后，我再也不用担心推不开门了。只要大雪堵住门，总有疼爱我的雪人出现，为我开出一条道路。雪山被搬到两边，我在雪的峡谷间穿行，玩耍，比雪花更快乐。

以后的以后，我家搬了，从村西搬到村东，雪也下得不那么大了。但是只要下雪，雪人还是会准时出现。妈妈说，是起了大早赶到这里呀，谁也拦不住。我踩着雪人扫过的路，唤他赶紧进屋歇歇。雪人说：等我再把大门口扫干净，你出门就不会陷了，脚不会冷。

我以为雪人会永远在，我没想到雪人有一天会融化。那一年我从上学的省城往回赶，只见到漫天的白。雪，织成了布。

雪人，是妈妈的爸爸。

溜墙根

邻居们饶有兴味地议论我：瞧那孩子，大路不走，偏爱溜墙根！

哼，他们哪里知道墙根的好，我才不会告诉他们呢。

大路空空的，有风的时候风特别大，把我吹跑咋办？有太阳的时候呢，太阳又格外毒辣，都能把我辣瞎了。瞎了会踩到马粪牛粪鸡粪羊粪还有狗粑粑。

墙根多好呀，风到这就定住了，像大大的温柔的手帕，托着我。太阳蹲在草做的屋檐上，想看我的眼睛，我偏不理他。

我多得意呀！手指尖划水般划过一道道墙，我走的每一步都像波浪。我自己制造的波浪，和我多融洽。

最高兴的是墙上隔一段就会露出一扇窗，低矮的窗里有不一样的人家。

多年以后，我看见不同的影子叠印着我的影子，像无声的神秘的对话。

当我累了，我就顺着墙滑下来，好像流水倦了歇在石头旁边。我坐在墙根那，看路上尘土飞扬，离我那么远，小小的得意又升起来。

还有一种甜，也会升起。那天我经过一扇窗，刚好看到一张小炕桌。桌上，一盘切好的柿子粉嫩粉嫩的，上面洒着稀有的白糖。一双筷子，只有一双筷子，我看不到人，轻巧地夹起一块蘸着最多白糖的柿子，举高高，举高高……我不禁后退，后退，舌尖上涌动奇妙的唾液……

那没有入口的甜，是最难忘的甜。

（选自《星星·散文诗》2022 年第 11 期）

举着一朵春天奔跑（三章）

李茂鸣

静夜，想起李白的诗句

静夜，想起李白的诗句，也想起故乡的巴山夜雨。

只是在这危乎高哉的楼宇，举头望不见明月。

低头除了泊在床前的鞋，也看不见地上的霜，

甚至听不到窗外的嘀嗒的风雨之声。

城市也没有这雨的那一片屋檐，听不到天地之间雨的对话，推开窗，也不能悠然见南山，而是另一扇紧闭的窗户。

想家的时候，只有一个人轻轻拧开生锈的水龙头听水的嘀嗒，听故乡月光的低语，顺着弯曲的水管轻轻流淌。

在水的滴嗒声中，我的故乡也渐渐长出鸟鸣的花朵。

举着一朵春天奔跑

我无限感慨的岁月里，看见一朵桃花，

又从一根皱巴巴的树枝上，开出明媚的笑脸。

这一张春天的笑脸，肯定是被春风亲吻过的，

粉红的笑脸上，分明还有被春风吻过，留下的泪痕。

一根枯枝，举着一朵鲜嫩的桃花，像是在等待春天里，

一场婚礼的盛宴。

进城的羊

从乡村夜色里逃出来的一群羊，对于他们无助的眼神，我仍感自己无能为力。

在经过城市的十字路口，脚步明显慌乱，甚至完全不听人的召唤，读不懂头上的红灯绿灯，也弄不清脚下的虚线和规则。

一群羊对还在肚子里发酵的青草，满怀感激对于扬在头顶的鞭子，更是遵从不敢违抗。

一生只能进一次城的羊，总是满心欢喜，以为找到了生活的另一条道路。

但欢乐总是如此地短暂，在城市的另一端，一口热气腾腾的鼎锅，正等着他们的到来。

这一群从乡村夜色里逃出来的羊，注定要为这一座美丽的城市，献出满腔热血。

（选自《星星·散文诗》2022 年第 7 期）

大地上的庄稼恩重如山（节选）

张少恩

1

北岸是乡村，南岸是城市，一条奔腾的大河将这沃若之洲一分为二。斜拉的大桥如巨翼搭在两岸，供我穿越。

整个秋天，我的脚步在此频繁地转换。

风，理顺大地生长的季节，催发茂密的梦。阳光在辽河三角洲上晒出了浓郁的稻花香。呼吸于此是幸福的充值。

每条阡陌我都踏过。心灵抒发的弦子。

碧玉的青纱转向灿烂的黄金，辽阔的葱茏划归无边的辉煌。

繁密的虫声吟诵五谷的生长，

芳菲的星辰注视着天下粮仓。

母爱般宽广的田野是我心灵的朝向，

令我沉醉、流连，无限的欢喜和依恋。

大地上的庄稼恩重如山！

3

昨晚的一场秋雨在今日放眼的蔚蓝里添加了半勺凉爽。我的呼吸和喜悦又回到了稻田上，分外透彻。

稻子不割，我澎湃的心潮不落。

心灵在田野上流连，悠久的沉醉。

世界打开了所有的门，为仁义的秋风箪食壶浆！

痴迷啊，从九月到十月，我一直流动在这片土地上，所有的事物我都喜欢，着了迷，中了魔一样，不仅仅是绿的生机，灿烂的金黄，甚至凋零我也能找到哲学的内涵，发现辩证唯物主义的闪光。

渠沟里的淤泥，鸟儿用爪子在上面书写神秘的契约。白亮亮的鸟屎如符文和谶语。琢磨不透还反复地琢磨。我的心智和想象多么渴望得到神灵的点拨。

我想提笔画画，在一张阔气的画布上画上一大片黑色的泥滩；画上繁密的大大小小鸟的爪迹；画出一笔澹澹秋水独对斜晖，柔柔的香蒲摩挲风声。

芦花的白是寂静的田野耀眼的歌喉。我想给它起个名字，让我好好想想……

一只大鸟，不，是三只，突然飞起，奋勇的翅膀拔高了田野的寂静。

阳光的玻璃杯溢出大地的芳香……

（选自《星星·散文诗》2022 年第 4 期）

猎石（三章）

支　禄

一个人

一个人沿着塔克拉玛干走了！

十年了，还没回来。

村上的老人说，一根针掉进窟圈，也该有回声。

流沙的声音中，几朵碎云从头顶慢慢走过。

心想如果做了石头后没干出一两件掷地有声的事，村子就根本听不到大地发来的震颤。

如果一心一意走到了天上，事情不一定能干得电闪雷鸣。

听说天上的事越来越不好办了，住在戈壁边缘的人好几辈子人都没见过电闪雷鸣。

三千年没落一滴雨。

其实，人生在世，很多事干一辈子，不一定有点滴回声。

骆　驼

地平线上，忽闪忽闪的，一座座城垛，蜿蜒曲折，爬行而来的长城。

月光，一次又一次从垛口翻过来，水一样漫了茫茫大戈壁。

骆驼看上去四平八稳，说不定心里压着一块石头。否则，荒凉从头顶灌下来，肉长的城垛，早已溃不成军。

风沙来了，骆驼迎上去不断地淘洗身子，一次次沙浴后，整个身子如大雨洗刷的城墙，里里外外明光烁亮。

一步一步丈量茫茫黄沙天。

一路像顺手牵着戈壁游走。

当辽阔的天空合上蓝莹莹的眼睛，猛地发现骆驼取出内心的石头，像一只只白色的布袋搁在沙丘旁晾晒。

风吹着，滚过来又滚过去。

一个遥远的梦，

像从大地拂着遥远的星球。

西北偏西

一块石头蹲在沙梁上，一动不动望着西北偏西。

一目了然，戈壁看上去哪儿都可以走一走。望了好长时间，大吃一惊，发现哪里去不了。

神秘的光，横七竖八宛如刀刃立在沙地上。

看那锋利无比的样子，许多事就暗了下去。

刃光，划伤一个人的脚，甚至一个人的心。

光芒一闪而过，从雪山起飞的鹰，一时间没把握住，一不小心栽了一个大跟头，直直地掉在大石头上。

“嗵”一声，天地间，溅起淡淡火花。

（选自《星星·散文诗》2022 年第 11 期）

犁木街（三章）

姜 桦

香 气

想象在大街上架一架梯子，我可以在干净的荷叶和月光上走，在水面上那片打开的花香里走。风吹来，一柄荷茎轻轻一晃，那片薄薄的月光已经滚落到河里。

夏天，犁木街的雨水习惯用栀子花传递情意。对这片大地，不说出，并不是因为不爱，只是它们不习惯于如此激情的表达，就像我，离开正午的犁木街，离开你，我不带走任何一件和你有关的事物。

只是为了——从此，每一个夏天，每当梅雨连绵、夜深人静，潮湿的思念和蛇一般的哀伤瞬间袭来，我还能够像此刻一样，一遍遍地想你，用一场梦搬走你的眼睛、鼻子，还有你那樱桃火焰的嘴唇。

一棵树

时间是最无法挽留的事物，一旦长了，连它本身也会被磨损，最终断裂。

所以我愿意用爱情为过去的日子留下记录。将一团火刻上骨头、藏进命里、死在心上，当然，如果需要讲述，也最好只有一次。

就从六月正午那棵挡住去路的石榴树说起吧：

一阵凉风穿堂而过，此刻，沏好一壶茶，一个比我更加炽热的人，正安静地坐在一把竹制的小摇椅上，期待用一场骤雨，遏止住心底的波澜。

荷花的理想主义

犁木街，一朵荷花每天都在迎来送往。许多年，一捧月光一直站在它的身旁。

常常，那朵荷花的表情是不变的，荷花的理想主义，只在它迎风掉头的一瞬。

几十年，深居于一条街巷尽头，除了我，没有人找到过她，她藏身于一幅稚嫩的铅笔画。

她习惯于用一根线条带走门前的流水，提着荷花的嗓子，一只翠鸟，在低头啄食。

（选自《诗潮》2022 年第 10 期）

几只鸟的清脆啼鸣（三章）

刘彦林

喜　鹊

黑白分明的眼瞳，遇见黑白分明的鸟雀，树枝上的提醒充满预告性，这个不曾预料的消息，我始终相信她的心怀善良。

单调的词汇，重复着稔熟的方言土语，像极了故乡土地哺育的憨朴，从这个枝头跳向那个枝头，灵巧的身姿里，透出老山歌一般的爽利和豪迈气。

喳喳、喳喳，每抛过来一个眼神，我的喜悦会荡起石子投入水中那样的时光的皱纹。

白　鹭

眼瞳里的一点黑，记得全是世界的美好。

给生活一个洁白的身影，灵魂里的洁白就更令人钦慕。

每当展翅翱翔，我的目光便会开满圣洁的芬芳。

白头翁

那一簇白羽，是时光凋零的霜迹吗？那一坨白圈，是生活熬出的碱盐吗？

通身如墨，啼鸣声的清脆胜似一架琴瑟的独奏。生存的命题从此充满爱的寓意，从来拒绝敌意，只为从一而终，只为相濡以沫。

固守着一辈子的誓言——白头偕老，再漆黑的命运，也会有光明驱散灵魂中潜伏的幽暗。

（选自《星星·散文诗》2022年第6期）

一截木头顶着花白（外二章）

赵大海

那块地，十年前被挖掘的时候就有些痛。

我多次梦见过他，握着瓦工的大铲，糖尿病的眼神，四壁漏风，都是多年前的样子。

我的母亲、坍塌的屋顶、整个院落都有病痛。

那天，跪在村口雪地上，单薄的我，口袋空空，哭得最凶。

这么多年，我们在城市的十字路口，烧大量的纸，印着元宝，缓解疼痛。

好日子和医学发展总是慢半拍，一种痛更痛！父亲呆呆地，从里面向外看，空洞洞，我们都不在附近。

那个曾经的村庄和土地，不说话。有一块肿瘤，长在谁的胸口，一年比一年大。

清明这一天

这个日子比较狠，对谁都是，以前是拳头，现在是雨，是针。

按住胸口就有草向外长，是荒的。

鲁东南的一个小村子，谁比您更加寒凉？

在西南岭，回望的砖瓦间，再无熟悉的炊烟了，别人家的那些流水和种子都绕着您走。

在这个城市，看别人在十字路口烧纸，我们也烧。

跪在地上，撒上一圈二锅头。

您当年的最爱，现在是一些气味，缭绕，迷乱。

我们的孝都太粗劣，也来得太迟。

十年了，我们每年都在今天用回忆来还原一些东西。

城里的人都涌向墓地，我们没地方去，娘把这个日子攥在手里，一天不说话。

您是我们埋在乡下的一块根

在西南岭，天空变灰、痉挛、破碎，一层层落下来。

父亲，这么多年，您种下的每一株稻麦都破土了，而您在草根和村庄的下面，这么久都没动静。

作为一滴泪水，我被乡野的衣袖一抹，便甩在千里之外。

整个城市都是潮湿的烟尘，沿着大街，一点点向底处滚落。

您口喷旱烟，翻着黄书，坐在瘸腿竹凳上，嗫嚅着，向下陷。

被病痛抱进泥土的老父啊！埋在乡下的一块根，拥抱流水、炊烟，还在一年年向深处扎——

（选自 2022 年 4 月 12 日《石嘴山日报》）

群山册（外一章）

余金鑫

薄雾拂面。

你浓重的影子，张贴在天空上。起伏的曲线，描画着远方。

一本收藏千年的群山画册。

第一页是一个家族的谱牒；

第二页是一方梦幻的房屋；

第三页是一处心跳的地方。

故乡在你的土石间扎下深根。

松树播放鸟鸣，悬崖二月开花，瀑布洗涤云彩，大片枫林的油画挂在屋后，山坡上种植阳光和月光。

布谷鸟说着方言，乌柏树长着曾祖父的脸。

头戴草帽的长者领读，一遍又一遍温习二十四节气。用一个个姓氏为一片片山地命名，血脉哗哗流动，把祖先当作神灵供奉。

山泉绵长，劈柴煮饭，林中采蘑菇。自个儿的森林氧吧，用之不尽的慢时光。

抬头相见的群山，是祖先的祖先，是神灵中的王。

信息时代。

四方行走的子孙，把厚重的你怀揣在小小的芯片上。

松树图

群山众多的子孙们。

松树。

摩肩接踵，挺直腰身，把一座山举过头顶。

虬枝盘旋，端坐云雾中的硕大盆景。

飞籽成林，召唤一个个山头。

呼啸生风，掀动碧绿松涛，敲响山石。扬起稠密的绿发，来一场撼动大地的摇摆。

倒挂悬崖，脚在上，头在下，玩一场百年杂技。

扎根光秃秃的岩顶，演绎石头开花的传奇。

一袭褐色的衣衫，一身浓郁的松香。任蚂蚁攀缘，任月亮做巢。

一束束松针挥舞，梳理南来北往的风。

暴雨来袭，紧紧抓住脚下的泥土。

冰雪摧折，伤十指断一指犹自成长。

逝者如斯夫，从翠绿到墨绿。

根须从十年扎进百年，挺拔健儿长成苍劲王者。

一只只白鹤飞来，引领松树们共舞，飞入万千厅堂。

松鹤延年。

成就人间祥瑞。

一年年。

一棵棵新松拱起，群山走向天空的愿景又长高一寸。

（选自 2022 年 12 月 24 日《郑州日报》）

漫游那邦村

宋显仁

广西贵港奇石乡北山里那邦村，翼王石达开故居旧址地，1958年修筑的达开水库把它搂抱在怀里。

我们在青山绿水中泛舟漫游。碧波荡漾的湖面上，快速贴水掠过的鸟儿，我相信它口中必有获。

如果人有灵魂，灵魂返回家乡，那么翼王他会不会成为一条鱼，在湖水深处游弋？

这样的一条鱼，你知道当年的那邦村虽已淹没在水底下，可“那邦村”名称仍在，就像“太平天国”虽已消散在历史的风烟中，但“剑气冲星斗，文光射日虹”的翼王威名仍在。

这样的一条鱼，你肯定会找到少年时习武的地方？你那刚柔兼施的九转连环鸳鸯步，神出鬼没地转战了大半个中国，曾让多少清兵胆战心惊！

在深深的水底里，你肯定会找到当年的渡口？早年丧父的你，年仅九岁便以一家之主的名分捐资修渡口，这似乎也注定了他一生都会轰轰烈烈。

漫游那邦村，一切都是那么熟悉，龙山盆地层峦叠嶂，马来江自西向东消失在茫茫雾霭之中。

一切又是那样的陌生，宽阔的山间水库波光潋滟，山上浓密的速丰桉下，拐枣树少了，金樱子几乎看不到了，稔子花寂寞地忧伤……

（选自2022年11月28日《贵港日报》）

鲤鱼：邮差（外一章）

雷黑子

作为一截倒不过时差的诱饵，我很想被鲤鱼吃掉。

搭乘它。

潜入前世的铜瓦厢，看看上辈子的太阳，破脸盆，桃木棒，究竟是怎样被二黑家的狗，点化。

鲤鱼从不人前背后。

鲤鱼不过是名前世派到今生的邮差，穿梭于发黄的岁月之河，负责着前世和今生的往来邮件。

有时候往今生邮寄一条黄河。

有时候往前世邮寄一块蓝天。

当然，白云如果事先在蓝天里藏好，很容易被夹带到前世的船帆上。

啜泣的光芒，是被允许邮寄到前世的。

欢笑的污浊常常被铜瓦厢以母亲的名义拒收。

我更非常年栖居在漩涡里的那尾清愁。

一朵超重的云坠入河里，而且没有打扮成鲤鱼的样子，肯定会受到河虾的挑衅。

挑衅是小虾米内心的恐惧，糊扎起来的虚张声势。

再小的鲤鱼，也会由壮丽的红霞，装扮尾巴。

鲤鱼带着高原的问候，来到铜瓦湖。

鳞片上没有文字，只有一息尚存的茉莉香，记录着河堤内碱性的钟声。

钟声步履蹒跚，拆解着树根里，鲤鱼故意留下的线索。

鲢鱼：隐喻

善于思考的鲢鱼，仿若我暗地里踩出的脚印。

把想不通的哲理，都困在鱼刺里；把想不通的鱼刺，都困在铜瓦厢的喉咙。

明玉在心，一地高粱的呼救訇然倒地。

它祈望每一条活着的河流，都能明白折断一根鱼刺，和挑开一段河床的隐喻。

河堤不会撒谎，也不会解答冰凌。

它给了鲢鱼更多可以讨论的水，更多可以熄灭的火，供渔网参考，供渔船停靠。

水草被冲走了，根还在铜瓦厢，还在我冲不走的梦中。

带疤的铜瓦坝，是鲢鱼身上最关键的鳞片和最凌乱的骨骼，也是嚼食道德的牙齿直至被拔掉，都没有想明白的死因。

霜打了茄子后，藏进了鲢鱼的鳞甲里，躲避历史冰雪的聪明，而我，却无处订购一张返程的乡音。

既然身居高位，鳞语，当然字字珠玑。

鲢鱼，细小的鳞片敬终慎始地贴心于民，轻柔地呼吸，恐把最初的忐忑吹落，流失于砂砾。

理想，铜瓦湖早年流失的鲢鱼苗，长大后，一直遥望着家乡。

（选自《星星·散文诗》2022年第3期）

大雪下的村庄

云　珍

此刻，大雪正一截截地掩埋三百岁的村子。

铅灰色的庞然大物吞咽了时空，爱说话的叶子早已啐去，只有风时硬时软，说着一些含混不清的话语。

这是十月或者更冷的日子，向哪里问去？

鹰眼也难觅得兔迹，更别提那一行峰回路转的离愁别绪——这不是一夜间催发了千树万树梨花的那雪。

斜倾在朔风中的老屋，大雪已没到了它的脖子，一颗挛缩的童心被父亲嘛啪作响的话语煨热、烘干，老屋因之坚挺起来。风嘶鸣，雪乱飞，一具杨木拼接的棺材与披麻戴孝的雪花狂舞，风将唢呐的哭喊削作悲怆的丝丝缕缕……

父亲呢？哪一场大雪湮没了熟悉而亲切的面影？哪一场大雪湮没了我清瘦的童年、怅惘与憧憬膨胀的十九岁？

这雪白得彻底、白得蛮横无理！

大雪以一把尺子度量，风在挖肥补瘦，一些被填平，一些 被压低。高一声低一声的狗吠绝望而嘶哑，连同那些晴空里穿来穿去的音乐一起没入一个扎得严严实实的口袋。

可见的只有智者远山。它也老了，须发皆白，眼瞅着脚下那一块已覆满积雪的河面，禁不住忆起亿万年前那次悲壮的隆起……

可以肯定，它不会毁于眼前这场大雪。

可以肯定，它必须活脱一层皮。

问题是千万年后，它会不会还能被安然地看见？大雪下的村庄寂然无语。

（选自《上海诗人》2022 年第 5 期）

风里冬天又老了一寸

杨延平

史前的某天，穿兽皮的祖先发现一个秘密
——风，充满激情和想象，夜晚的风，会飘进梦里。

晚归的羊群反刍着胃里的枯草和初冬，一只又一只，走过毛毛草草的青稞茬地，傍晚风紧，洮河在无尽的夜风里历久弥新。

寒冷如约而至，触摸到的风里，我的记忆翻手之间冷如冰霜。

日子完善机制，风里，冬天又老了一寸。

我的父母已苍老了很多，他们在风中紧握双手，他们的头顶又厚又白的雪，掩埋不住曾经艰难贫苦的岁月，他们的容颜被风雪持续雕琢，一年又一年，直到离我而去的那一天。

雪，似花非花，开满了世间无数个严冬。雪，明亮如银，装饰着大地富丽的空寂。

山顶的雪，属于神祇，让真实的人间接近虚幻。

心中的风，欲静不止，把多变的众生反复揣摩。

我等的车已晚点，我想去的远方一片苍茫，夜色一丈一丈笼罩大地，沙冒沟空旷静谧，弦月如刀，爱恨飞翔，只要心想抵达，无惧夜色苍凉。

记忆深处的那些风里，冬天又老了一寸，我感同身受的是——
看得见的雪，落在人间，看不见的雪，落在心头。

（选自《上海诗人》2022 年第 3 期）

第四辑

风雨

老人（外二章）

冷克明

雪在下。

一位老人在园区的小路上踽踽独行。

雪落在他灰色的羽绒服上；他没戴帽子，白发与雪融于一体。

（他的生命也在下雪吗）

一丛竹子挡住了去路，确切地说是被雪压弯的竹梢横在路上。

他没有绕行，也没有侧身而过。他伸出青筋暴出的手，一下一下拂去竹梢上的雪，动作小心翼翼，好像怕伤着了竹子；好像多年前给老伴轻轻地梳着头发。

一根竹子慢慢地直起来了，接着一根一根的竹子都挺直了腰。

老人拍了拍手，他发现刚才还在肩膀下的竹子比他高出了许多。

老人的腰有些弯了。

曾经压在他背上的也是雪吗？或者别的什么？

是否也会有一只手拂去他背上的重荷呢？

老人将腰弯得更低了；他捡起一片沾着雪渍的竹叶，默默离去。

雪仍在下。

花蕾

一支燃烧的火炬！

穿过漫长的冬天；穿过风雨与泥泞，寒冷和萧瑟，疲惫和叹息，高举在春的枝头。

是希望的手在将它传递；是奔跑着的风在将它传递；是灿烂笑着的阳光在将它传递。

一场春雪从天而降！

寒风也不曾捻熄的火炬大雪要将它扑灭吗？

火炬燃烧着；冲破雪的包围熊熊燃烧。鲜红的火炬啊，经过冰与雪的猝炼，像一面即将展开的旗帜，牢牢地竖立在信念的坚固基石上。

将春光点燃。

将昨夜的梦和心中的歌点燃。

将老人温暖的笑和孩子的欢乐点燃。

将勃勃生机和美好的明天点燃。

在雪的洁白的背景上，一场浩大的百花的赛事拉开了帷幕。

一只白鸽从树上飞起，用嘹亮的鸽哨将发令枪扣响。

麻 雀

一只麻雀站在一根斜斜的树枝上。紫红色的脚爪紧紧抓住沾满雪的树枝，翅膀合拢，眼睛微闭。

背景是无边的白雪。

麻雀一动不动，好像一尊雕塑。

在广大的雪面前，它是否觉得自己的渺小呢？

天地如此寂静，它的内心是否也大雪纷飞？

但此刻，它像一颗钉子，牢牢地钉在雪的帷幕上。

它是怕一睁眼，雪就飞得无影无踪吗？

它咽下“叽叽喳喳”的歌声，缄默地立于雪之上，立于喧嚣之上。

它以小小的身躯对抗着无边的空旷。

它一动也不动。

它是怕一飞走，雪的帷幕就会落下，露出大地上的坎坷与丑陋吗？

不！在大雪将所有的花朵覆盖之后，它要将自己塑成一朵花蕾，坚忍地挺立在雪峰之上。

等待着积雪消融，春光再现。

（选自《星星·散文诗》2022 年第 7 期）

寅年春（二章）

喻子涵

南方湖边的雪

一夜之间这湖变宽了，一直连到一座山，再连到一片天。

这世界很大，跟小时候一样。

我把妹妹垒成雪人，妹妹把我垒成雪人，许了许多愿，守望那面蓝莹莹的湖。

不准谁踩踏我们的脚印，也不准任何人粗暴，踢和鞭打。

一直守到过完年。

一直到梅花开遍，白云驱车赶来。

当我们把一切许诺拆开，春天来了，每一样都兑现。

蜡梅重新开放，偶尔一两朵，再开一两朵，老远发出邀请。

它能一直等待要见面的人。

小方格里的妹妹，一直举着花蕾，咿咿呀呀唱歌，不是人人都能听见。

暮色里的天光最珍贵，偶尔露出笑容，呼喊着我。

当眼前恢复了原貌，一行足迹是我的，准备向湖的对岸走去。

而当我回眸，又全部消失。

一只意外的红狐把梦全部惊醒。

我常常心怀侥幸，为着一场白色的梦，再来，覆盖。

也为着一场绿色的梦再来，覆盖白色。

那是我梦想的峡谷，也是我现实的高山。

说不定现实与梦想之间，就只隔一场雪，只隔一个冬天。

只隔一面蓝莹莹的湖。

过年记

白天，看十三邀。
邀来钱先生，带着鲁先生，回到黔中乡村思想村落。
在这里回溯往事，说了很多真话，发觉苦难很生动。
他说全世界都病了，但全世界没有几个人主动检讨自己。
而你们，（一根指头戳出屏幕吓我一跳）就应该走出风景。
他老远跑来就向他的弟子们说这事，颇有点严肃。

晚上，吼声雷动。
一群人把世界踢塌了，另一群人把世界掀翻了。
突然抬头，窗外飘着雪，主持人一脸悲伤，黯然而去。
过几天，主持人半信半疑又回来。
我半推半就，坐在女人们中间，一群人又把世界救活。
（世界是你们的，也不一定是你们的。）

又一晚上，冰花飞舞。
我们的世界被打扮得精神抖擞、蓝中透红。
我仔细看每一朵冰花，还真是不一样。
摘一把戴在胸前，有的融化，有的始终是一张油纸。
融化的流进心里，油纸的冰花成了胸章。
风吹过来，五颜六色，想怎么歪就怎么歪。

白天至晚上，各种各样的表情。
勇敢的手指，不断指点一把生锈的铁锁。
锈斑里的梅花鹿，动作单调，木然的眼神围观我们。
盲山很大，到底茫然，远近高低欲说还休。
正想生一膛炉火，彻底熔化天下所有器械。

（选自《星星·散文诗》2022 年第 9 期）

风来雨去（外一章）

毅　剑

时光荏苒，风来雨去，总是一年过了又一年。

我们从出生，就习惯了一个人的孤独上路，习惯了风里来雨里去，马不停蹄地四处奔走，习惯了与一些人和事的纠缠。一些交集了多年的人，一些忙活了许久的事，许多时候，我们说了再见或者放下，在第二天或者在以后的日子里，还会有再见的时刻，抑或又把放下的事情重新拿起。但更多的时候，当我们说了再见之后，却是在有生之年里，也就真的再也见不到了。而那件本来还没有做完，想停些日子重新再做的事情，放下了，随着时光的推移，也就永远的放手了。即便偶尔的再次想起，也会兴趣索然。一切早已恍若隔世。

“你若出走，我必离去。你若行走江湖，我必陪你闯天涯！”不论是年少的爱情相约还是友谊誓言，最终大多都经不起时间的考验。许多时候，人生悲凉感的油然而生，倒不是你混得不如人，而是还没有等你混得不如人，马上就树倒猢狲散，就有人不拿正眼开始看你。风来雨去，阴晴圆缺，比天气更善变的永远是人的心和脸。

风来雨去，天下无事时岁月埋没了多少真情君子，世情动乱多事之秋中又识破了多少阴险小人？许多时候，我们总是希望得到别人的好。一开始还感激不尽。可时间久了，便习以为常。习惯了一个人对自己的好，便认为这一切都是理所应当的。可有一天，人家无意间忽略了自己，你便觉得委屈，觉得怨怼。其实，这本来就不是别人不好了，而是我们自己的要求变多了。一个人总是习惯了得到，也就渐渐忘记了感恩！

一个活得没有尊严的人，大都可以活到浑然忘我。因为在乎的少，也扔掉的多。但对于忠于初心，执于过去，对人对事，都无法逢场作戏，用圆滑与这个世界的老练和世故周旋。这样经过大起大落，大荣大辱，于命运的艰难中挣扎过来的人，即便没能学到诡诈奸猾，也往往会变得冷漠无情。在世道的寒凉中死过一次的人，最后大多要么冷了心，要么也就成了精。

风来雨去，生活就是这样：有些东西，注定与你无缘，一再强求，最终还是会离你而去。就像有的人，只能是你生命中的过客，不论你如何挽留，到头来一切还是成空。生命中注定不属于你的人和事，轻快的放手，往往就是最好的选择，人生苦短，不要让无止尽的欲望埋葬了真正属于自己的快乐和幸福。

这世界原本就没有那么多的偶然和幸运，只是它的秩序和一致性我们一时还看不懂而已！风来雨去，岁月静好。放弃一切所能放弃的，接受一切所能接受的，世事纷纭中，面对一地的势利碎片，也能够洁身自好，安然处之，始终都活出自己的从容和恬静。

潮起潮落

那些随着潮流奔涌而来的水，它们其中的许多，也是先前伴着退潮而悄然离去的一些水。它们习惯了紧跟潮头的步伐，顺势而行，大潮之下，它们表现更多的则是无所适从。

你推我搡——你践踏着我，我踩压着你，它们彼此拥挤着前行，一些相识的，一些不相识的，一些一起向前奔跑的，一些迎面碰撞擦肩而错过的，最终的，都只是一面之交的一闪而过。

相聚和别离，都缘起于一场来来回回的总是奔跑着的——潮起和潮落。

那些高耸潮头的，那些紧随潮后的，那些裹进潮中的，它们是相同的一些水，又不是一样的一些水。

那些随着潮起跑在后面的水，也是随着潮落跑在前面的水；大潮之下，没有它们不能淹没和冲刷的事物，退潮之中，没有它们不能裹挟和改变的事物。也有一些水最终会在某一地的某一点滞留下来，即便是大潮的再次涌来，它们像一次激烈战斗后牺牲的士兵，倒下了，就再也不能随着队伍行走。

这让我想到人流，我们拥挤着各自奔走的人流——我们从出生孤独的上路，到孑然的死亡，最终的停止打拼和奔走，过多的人，过多的事，过多的过多都悄然的经过。

不是所有的人一出生，口中就含着一把生存的金钥匙的，命运的起伏之中，为了生存，我们总是习惯了低头过自己的日子，马不停蹄地赶自己的路，忙活自己的生计。许多人和事，走着走着就丢了……许多事和人，说着要聚要聚就远了、散了……许多的你和我，在一起聊着聊着就无语了……许多的我和你，相互的约着约着就忽然不见了彼此……天晴了，下雨了；风停了，下雪了……我还是来了，但你却早已去了……时光将落叶洒满大地，长风依然的又带回了春的消息……

而事实上，失去的痛苦，总要等到一个人真正的离开的时候才能感受得到。或许有一天，当思念泛上心头，你会很想给他带一个消息或打一个电话，抑或很想亲自去见他一面，可物是人非，你早已失去了与他问候的身份与资格，而他也早已不再等你，或消失于人海，或消逝于人间。生命的成长总是这样：年少时不懂分别之苦，懂得之时，旧人已是天涯陌路。无论是爱人、亲人还是朋友，如果你很在乎一个人，就不要轻易地说分开。说再见简单，可再遇见很难；因为，有些人，一旦转身，便是一生一世的永别。

潮起潮落，浪涛终也淘不尽人世间过多的恩怨情仇；清风徐徐，冷月见证着世间过多的喜乐与烦忧。

潮声悠远，浪卷风云。当一个人经历过人世沉浮后，会发现，拥有过人的能力和聪明的头脑能够让你站得更高，而拥有一个好的人品则能让你走得更远。好人品，是一个人最大的底牌，也是一个人一路打拼最终验证的实力。行走于世间，积攒一副好的人品，命运总会在你不经意间带来让人祝福并羡慕的惊喜。

（选自《中国石化文学》2022 年第 1 期）

开始（三章）

高　伟

打结与解开

你没在我身边的时候，我就一个人独自热爱大海和动物。

你在我身边的时候，我就和你一起热爱山坡和挂在树上的松果。

没有你的时候，在黑暗中我就一个人手执烛火走路。

有你的时候我就和你一起，牵手走过擎着灯火的村庄。

心可以如超市里的哈根达斯，也可以像水族馆里浮游的水母。朗读的时候我们在多维空间里云游和相拥。你像坦克那么工作，我像潮水那么流淌。

然后我们乘降落伞回到地表，热爱蔬菜和人间。

我知道你牵挂我，你知道我惦念你。

我坐在窗前，看天上的云，如何打结和解开。

我们不要不是的爱情

你是个好人，超越了可能性。我在人间实习了半辈子，只确定了这一件事，其他的一概皆可否定。

你是我在人间惊人的消息，你是你自己不知道的美好。

你的好如果不是我来告诉你，那就是犯罪。

亲爱的，如今我们活着，不要不是的自己，高仿的也不要。

爱情也是，不要不是的爱情，抄袭的复印的临摹的哪怕是得了奥斯卡奖的……

亲爱的，如果不是你和我的，都是我们的赝品。

向日葵

到能吸引我的事物中去。

我来到一大片种着向日葵的田野。所有的向日葵朝着太阳看，圆圆的脸真灿烂，像亲爱的你顶风走路仰起的面孔，寂静坚定如同大地。

向日葵的圆脸，一个花盘，那么多的种子奇妙地排列着，排列成斐波那契数列，神秘地充满数学的奇迹。

没可能再有比这螺旋状的排列更美的向日葵了，神的手指比所有的言说与定律更玄妙。

亲爱的，那个把一粒一粒葵花种子放进向日葵圆脸里的力量，和如何把你放进我心里的

是同一种力量。

知道把向日葵放进哪个位置的，和把我的爱放进世间哪一个生命里的，是同一种知道。

（选自《北部湾文学》2022 年第 6 期）

一块石头的硬度

郭　毅

一块石头的硬度取决于在世的修为。

从宁静的安详到炙火的指望，来自地底的岩浆软硬兼施的初始化，古老而又绵长。

由此引发的轰动，高低起伏，大小不一流浪在世上，突破孤独寂寞的边界，将各自的性格、情趣投射于轮廓清晰的日月之光。

甚至锻打非得使出铁锤、钢钎，顺着纹理才能裁出山的高昂、水的低唱。它们不确定的形状，从出生始就对地震、海啸发出与生俱来的抵抗。

方寸之间，世界的硬镶嵌的美好，有更多的软在石头支撑中，长出树草。但我怎么也忘不了它们投匕的一刹那，为正义向邪恶勇敢的一击。

那仰光的举止，只为多数泥土产出的粮食而紧紧跟随。此地山岗翠绿，绵延向远，躺卧在母性大地的怀抱，把鼾声再次赶往坚定的梦想中。

原来酣睡如此圣洁、丰富、迤逦，覆盖着正厅别院，轻俏于时空中每个翔飞的翅膀。

有多少路承载着世界的深浅，就有多少道弯沿着石头一块块把青春码高。

明天我将到达另一座峰顶，那青春中的我，又会像石头杵在哨位上。

一块硬性的石头领着一群坚硬的石头，探测着世界的深浅，因自由而快活，从心里走出来苔。它们有序地列在翠绿中，仰面朝日，或俯倾向月，用星盏辉映着世界，稳定而坚韧，从没把自己偏移。

（选自《诗潮》2022 年第 1 期）

风在所有的方向穿行不息（三章）

何敬君

邂　逅

窗外的桃花梨花杏花玉兰花，我似曾邂逅于繁华大街与寂寥小巷。

五月的心情未及灿烂，跫跫足音已阒然远去。

我认识这些花，仿若认识那些行色匆匆的女子。

我不清楚每一种的花期和每一朵的姿势。

一只未曾见过的鸟儿在阳台外的树枝低缓吟唱。

朦胧的月色下，它的羽毛有一种暧昧的美丽。

它在召唤或者回味它的什么？

世上的大多数谜语已被他人参透，留下的令我深陷其中，执迷不悟。

在缤纷或疏离的花园，在晴朗或迷蒙的月夜，我都不知所措，左右踟蹰。

花儿四月开放五月凋落，鸟儿下一秒钟便振翅飞去

—这繁盛的世界好像真的发生过什么。

听　雨

脚步细细碎碎，在四处漫走。
无数手指，弹拨一根琴弦。
浅笑或低泣，丝丝滴滴；
幽光在水影里走，断断续续，走向我；
人，颤为丝絮，在小南风里飘忽；
笼子里众鸟啾嘁，啼啭世界的抖音；
一整个夜淅淅沥沥，从窗帘的缝隙。

早晨来了，阳光没来
大地将睡去？

冬夜月光下的绿瓦房顶

冬夜里，对面的绿瓦房顶
月光凝注，一片雪后封冻的地面。
我想上去，燃放一串儿鞭炮，
像在某个遥远的除夕夜，在天井里撒欢儿。

但我不是一只猫，从来不是。
我没有利爪，没有毛皮，我会滑下来，摔得很惨。
众多星星在月光之上，虚浮地悬旋。
如我在当下的露台，恍惚暂站……

（选自《青岛文学》2022 年第 4 期）

叙述或记录

李　萍

1

在一场夏雨中，风有点迟钝，带着暮年的迟钝。叙述或记录那些迟钝。

离天命之年的昆虫，居然迟钝或混沌的不可思议，居然愚笨的情有可原，如同一本发黄的书，片段在一盏灯下迟暮。

城市里的行走，在喧嚣寂静无声，如同一片落叶花偶尔的叹息或惊讶。

小城不大，一条河抬抬脚穿过了全部。小城不小，从河南走到河北，十字路口的红绿灯下，踟蹰不前的背影从容。

我似乎是被光阴流放的风，灵魂与灵感都被流放得远了又近了。如此，我在一个城市里流浪，穿过花田，穿过人海，穿过雨声漫天的中年，在步行桥或过街天桥上停留或歇息。

我的中年是一道风景，让路人心生疑惑的风景。一把伞依旧怒放着，我的大半个青春如伞一样在雨天盛开，熟悉的路口一个个梦想是一朵秋花，曾经盛开过。

2

我想我再也不会让喜欢视如空气，或流云。

灵感苏醒后，文字的思念，在等雨停。即使一些故事凋谢，一条河也不会改变流向。

我守着雨帘下的空间，盼着雨一直一直下，直到柔情似水的散文诗像一个侠客，隐匿在文字的山林。

思念一直与雨声相伴，难以承受的伤在失而复得的相遇里唱着清平乐，犹如花坛里的山楂树，花开花谢的我行我素。

一枚青绿的果果，滴着透明与直白。那些不属于远方的风景，在冬雨到来之前渐渐明晰。

在俗世，变得俗不可耐或俗气至极，我也有一百万个理由陈述。

风没有徘徊，诗句在原地打转。

3

我想置换岁月与青春，词语却如此干涩。

我在河边发呆，盯着雾气的河发呆。一只小青蛙跳过身旁，我的发呆变得大呼小叫，躲闪着一跳一跳的分秒。

想必文字知道，我害怕青蛙如同害怕黑夜一样，是一种伤。

重演的片段里，心情被蚊子匆匆侵略，过程很简洁。

风学不来一些自私与偏执，遇水开花的故事似陈年的酒，留存的醇香一直在珍藏。我拖了一把冰草的花花，在安静的黄昏里带回。

我把冰草的心花送给我的窗台，窗内与窗外的风景环环相扣，一米阳光下的集结号在一个雨天开启。

景致的凋零或枯萎，在晚风中陌生又熟稔。

4

忘记与铭刻的春天在雨停之前，我接收着时间的发难。

我不想疏远远方，可是我害怕错过雨天的所有遇见。

那些说唱的歌词很简单，我的发呆散开在人潮，毫无关联又息息相关的画面，让有心的摄影家纳入光影的版图，研磨快门与光圈之间的瞬间。

一枚黄叶落入视野，盛夏的寂寞是一枚果果，风咬了一口，然后检查晚风不度的温柔是否妥协。

秋天已经晕开，即使阳光明媚。

我的眼泪如同夏雨，一并滴落。我想追回那些阳光，我想留存雪花，只是无法握住岁月刻画的年轮。

我缺席的时光，在一场雨的泪痕里凝固了。

5

摘的野花依旧怒放，雨中的花花草草滴着欢喜，还有雨过天晴后的云朵，以及一个干瘪的苹果与去年的梧桐叶，还有大河的奔流，还有桥端的等候，都是一朵盛开的合欢花。

时光之目寸步不离地追着风，盯着一条河穿过季节。

我犹如被那条河遗忘的惊叹号与省略号，被雨滴宽慰着打发日子。

雨季与汛期的故事，我不便言说。

一座城因为一条河，串联着关于水土的生生世世。

一个大坝抒写一条河的肥瘦，快与不快或慢与不慢的读取城里的一切，河流没有发言权。泄洪的日子里，河水满满的，鼓胀的肺腑，呼吸之间湿漉漉的诗句，平仄得有些急促。

远方在默默铺垫远方，幻想远方之外的远方一片清明，关于一场雨的故事不是巧合，有些雷同符合情节的发展。

（选自《散文诗》2022 年第 12 期）

从高原风景里延伸（三章）

夏　寒

在凡尘暮色里寻找抵达

风，掀开尘封的黄卷。
历史，在生活的注脚里解读等待。
遗梦，在一丝苦涩的怂恿里，触碰神经。
眺望，温暖的梵音，一堆篝火，在明明灭灭中变幻着尘世。
清清的溪水，在柔波里，品读远逝的风景。
隐约与清晰交织原生态的现实。
眺望，被打湿了翅膀。

暮色，亟待收场。人间烟火，在秋雨中风湿。
一缕月光，挂在天空，却难以说服叹息。
期待的隐藏，在细雨里小心翼翼滴落。
闪烁的神秘，如夕阳里的一抹红霞长出的花瓣，带着微笑落进云雾。
我不敢久久地凝望，担心目光断线，难以收回心中的神曲。
心结，在窗前徘徊。
脚步，一直寻找抵达。

在黑暗里寻找光明

下雨了，天开始沉思。
一朵云的美梦，在花开的声音里扬起鸟鸣。
是谁的美，跌进了湖面？之后，忽明忽暗的影子在摇晃。

渗透出小荷尖尖角。

风，情不自禁地停下的笔，为尖角倾倒，与花蕊纠缠。

月光，在镌刻跌宕起伏。

红，被黑赋予了幻想。

梦，在树的挺拔与高傲中醒来。

悬挂的红灯笼集结，向黑暗宣誓光明的意义。

窥探，远方却被千丝万缕的灯丝缠绕。

忧郁的目光，填满光的深渊。

你的呐喊，没有声音传出，只有大地藏不住的爱意承诺后的抵达。

漏过的水，咀嚼星光粉饰的土地，沉下去的祝福远比明丽更高。

蝶恋花是唐诗里的词语

花朵上，溢出了温暖的心语，在蝴蝶的爱恋里芳香了悸动。

清风，轻缠笔墨，有写不尽的情思，是季节吐出的馨香。

蝴蝶，在花枝上沿着风的记忆寻找醉意，怀孕的季节听见了花蕾细微的呐喊。

浓浓的软语，在含苞的思想里泛起了春潮的涌动。

蓄谋已久的花蕾，只为蝴蝶的热恋而不顾自己情窦初开的羞涩。

挂在树上，是为了置身高处。

虔诚的姿势，是头朝下的一个动词，把形容词融化。

是谁，引渡了你的笑脸？

鼻孔的暗香，从线装书里走出，悄悄地来，又与树枝上的鸟鸣私语。

娇羞的词语，在一首唐诗里小憩，暗藏的清风预约了一个晴天的许诺。

我把笔尖竖起，一张白纸却仅仅容下了你的书卷气与斯文的气质。

（选自《四川诗歌》2022年夏季号）

葡萄是人世的眼睛（外一章）

潘志远

葡萄是人世的葡萄，更是人世的眼睛。

从夏至秋，它将人世的一切都看在眼里，五味杂陈。看一眼，它的心里酸了；再看一眼，它的心里又甜了。

酸酸甜甜，甜甜酸酸，是它对人世的总结。

总结很圆满，断断续续，各自独立，但又被一根藤牵连……

送到你的手里，你抚摸吧，抚摸也能知道它内心的酸涩、苦楚和甜美。

送到你的嘴里。牙齿坚硬，适合咬破；舌头柔软，适合品尝；喉咙深不可测，适合吞咽。

咽下去，不要说。所有的秘密，不置一词，才能是真正的秘密。

再严实的秘密，哪怕半个字，也会泄露出天机……

看海棠花的感悟

我说，真正的美经得起重复。

看见小区春天一树繁花的海棠时，我更坚定了我的说辞，以为这就是真理。

是的，这一树海棠，今年的，去年的，和明年的，绝对一样，没有任何差别；但我绝不会有重复的感觉，更不会有重复的厌倦。

并且深信它们是不一样的，多少年来，都不怀疑。

它的芬芳也是一样的，而我潜意识里认为不同。年年岁岁花相似，刘希夷这样说，张若虚这样说，史铸这样说，我却不以为然。

就像每日升起的太阳，每夜西落的月光，亿万年了，都是同样的重复，但让人没有这样的感觉，或忘了这样的感觉。

太阳每天都是新的，多么荒谬，和自欺欺人。

美和幸福，雷同；不幸、痛苦、灾难，千差万别。

丑陋也千差万别，让人一眼便能记住。

美是摇篮曲，百听不厌。

丑陋是恶魔、噩梦。一次，足以让人一生都惶恐不安……

（选自《散文诗》上半月刊 2022 年第 12 期）

我没有时间了（外二章）

徐春芳

我没有时间了。

百年一瞬，万年一瞬，亿年一瞬。

一瞬间，鱼在游动里唱起化石精美的歌。

一瞬间，星河在笛孔里悠扬着岁月的苍茫。

一瞬间，你我的牵手已成转身而过的冷清街角。

朝露不知道夕阳无限好，鸣蝉不知道有白雪的洁净，人不知道灵魂究竟可能摆渡到前世今生。

在寒风中瑟瑟发抖的小树苗，转眼间就高入云霄、疏影婆娑。你心里珍藏的红衣少女身影，那拂动你心湖的黑头发，很快在炉火边白发苍苍。消耗掉无数黑夜和笑声的传说，打在回眸的眼里，短短一夜就患上了失眠症，需要无数爱与乡音治疗！

落花心心念念回到枝头唱歌，木乃伊梦着穿越死亡的冥河复活，美人怀想着青春的衣香鬓影。

多少回忆与惘然，舍去与留恋，欢喜与悲愁，跳动着灵魂的余温，在时光里星残梦寒。那些人间的烟火、人间的味道、人间的过客，让我在万丈红尘里，举起一杯酒，任透明的火焰与豪情滴落……

最是人间留不住！

光阴是写不完的句子

对你的深恋，开始了无症状感染，让夜晚的星辰闪烁着寂寞。

对你的缱绻，扫清了灵魂的杂念，让大海的耳朵听到新修的迷途。

对你的深入，孤独着杏花烟雨的孤独，让江南的流水缠绕着枕上的安眠与温暖。

对你，我放开了身心所有的花开花落。对你，我的每一寸疆土已丧失主权。对你，我不紧不慢的日夜已经不再完整。

平庸地活着，为了忘却或刻骨铭心的纪念，我开始了造句。爱是最美的句子，疼痛是需要涂掉的句子，光阴是写不完的句子。

大地想拍动翅膀，天空想清空鸟鸣，那些脸上的沟壑，坐在篝火里，想擦光岁月无情的狰狞。

你一句，他一句，构成了芸芸众生。

我的人生啊，你到底是感叹号，问号还是省略号？我想活成让世人敬仰的感叹号，最起码是没有黑点和污点的句号。

命运的答卷，狂草之后，期待着阅卷人的宽大处理和会心一笑。

人生大舞台

在天地的舞台上，人生可能熠熠生辉？

在展演的节目中，你我可能摆脱命运的捉弄？

在观众的围观里，那些如烟往事可能杀出遗忘的十面埋伏？

几星华发，绽放过梦想的烟花。两眼春水，映照过璀璨的星辰。一抔黄土，任荒草摇曳着总结人生。

和风细雨，可是邮寄给你的难懂心经？琴弦丝管，可能拨动你拥抱的回味风景？斜阳的残片，拾起来拼凑好，是否是沉淀在眼角眉梢间的美好回忆，散发着磨损不掉的内心火焰。

回眸千百度，摆脱不掉两个灵魂的量子纠缠。我可能一步一山河，一脚数光年，踏上时间的原点？

带着宇宙羊水般安全的温度，我游荡在山山水水、在生生死死、在生生世世。穿着守护的盔甲，穿梭在黑洞的深处，见过无数星辰的生灭，在喷薄的光中，我开始浩浩荡荡朝天空上升。

我们终将走进戏文，任喧天锣鼓和歌声传说。

生死场（节选）

鲜红蕊

一

一张憔悴的夕阳悬挂在荒野裸原上滚动。

焚身似火。你喉咙里的路途，是一地凌乱的秋蝉和插着箭身的枯蝶。

用影在时光广场上，不停摇晃自己的头颅。成群的乌鸦盘旋，它们的叫声在暮色中，让聆听的人心惊。成群的乌鸦盘旋着，似十字架上的乐谱，似生命的自然的挽歌。

最终，这些都被风卷走。

成为大海、时间以及命运的牺牲品。

二

我仿佛是你生命途中的见证者，亲伴者。

尽管鸦群还在盘旋，尽管生命的河流堵塞与多淤。

从回忆中抄出从前的青春。

让我们的灵魂重新返回最美丽的事物吧，被挺拔健康的肉体盛装着。

扑起一地尘灰，一只枯蝶在你的肺中描绘着它的路径。

旋转着的世界似木马，这尘世，脚步和眼神都是匆忙的，你坐在烟雾缭绕的深处。

像一只孤鸦，最后都离开了你。

一纸悲悯的药方，对于归宿，我仅能泪流满面。

一生就是荒谬的舞台戏，生死场。

三

在告别自己的生活，你对我说：已看到了死亡。

风在大地上呼啸。霜气已长成了骨头。

乌鸦从高空降落，抑或四处逃窜。

我对你说：在尘世，我们就是在坟墓旁休息。

伸出的手像风般刺骨。

这些灰尘和黑血，是唤回自己的预言者。

我们能不能说：死去就是重生，黑暗就是光明。

你再也不回来了。

艾略特说；一个人的归宿是他自己的村庄。

五

站在黄昏的山坡上眺望。

阐释天喻，乌鸦飞舞起来，孤独一样让我感到它的形状。

前有去者，后有来者。

在人间行吟，我们只是路过万物，而我路过你，听碑文里的细细叙说。

人世，宽广和丰富的是眼泪。

八

我们迈步匆匆走过。在大地上，在烟雾袅袅中看见自己的故乡。

雨水的嘀哒对你是伤心的曲调。一洼雨，是一面明镜照见你的命运。

我们的一生真如一场电影的布景。我们都是大地上的客人，没有谁来引领。

一个人，像在白纸上写字。

在路灯的投射下，看见自己退却的身影，像夜间低伏的死亡。

（选自《星星·散文诗》2022 年 3 期）

秋雨　老街

——写在洛邑古城

马正文

披一身秋雨单薄的衣衫，我再一次走进这个长满青苔的故事中。如一位静默的老者，暮色里，老街以孤独的眼神与我对望……

那一个个糖葫芦串成的童年的往事，拉长了老街与现代的距离，在历史的章节里，踽踽独行……

时间的语言，凝固了老街所有的心事，沉默的静候超脱成一种禅意。

老街，在岁月的耕耘中剥落着容颜。

握一握老街冰冷的长臂，来打开一段尘封的记忆……那斑驳厚重的城墙，是谁留下的沧桑容颜？那石板路上渐行渐远的伞影，又是谁留下惆怅般的叹息？

我站在古城的另一个侧面，重新静视这副苍老的面孔，老街静默不语。静看花开花谢，笑观云卷云舒。

老街，承载了古城太多的过往；

老街，映照出古城崭新的容颜。

（选自《中原散文诗》2022年第2期）

香山的红叶

孙跃成

一

当第一缕绯红的羞涩渲染我渴望的眼域，当第一声惊讶的叹息撞击我灵魂的栖息地，香山的红叶呦！我那时真的被你火辣辣的目光震慑了呢！我那时真的被你水灵灵的笑靥惊呆了呢！就这样，我们面对面，你坦率地红彤彤地逼视着我！就这样，你热烈地情真意切地融化了我！你这勾人魂魄的秋之精灵啊！

二

染缸倒了吗？谁在问。

那是怎样的一种红啊！像胭脂？像夏日的晚霞？像新娘脸上那缕羞怯的红晕？像婴儿含着乳房时那枚灿烂的微笑？那是怎样的一种渲染啊！轰轰烈烈！蓬蓬勃勃！来势汹汹！风风火火！你无拘无束，漫山遍野地燎原着，你的每一片深情的凝望，都在烫痛我战栗的灵魂，你随风翻飞的曼妙舞姿，慰藉着我的五脏六腑里每一个细胞。

三

落叶满径。

我真的不堪去践踏这铺上了红毯的小路啊！这不忘初心的香山红叶啊，凋谢了，也不褪红灿灿的色！

捡一枚，凝视良久。夹进印有“文学研修班”烫金封面的日记本，同时，问你问我：每一颗怀揣文学梦想的心，是否也能像红叶一样，矢志不移地永远燃烧着？

（选自《小百花》2022 年第 2 期）

虬枝，或禅定（外二章）

转　角

尽可以旁逸斜出！

不能容忍的、无法耐受的、积存多年的暗夜辉映着这棵树。

层次分明，透过隔窗我检验你的存在，隐性的拯救同我一同踏入法雨禅寺的钟声里，同我一起消耗彼此的时间。风声虽已足不出户，青色的皱纹却依旧伏案做法——

布谷声，沉重的脚步，一两个锈蚀的灵魂前仆后继在空旷的枝头。静，认真地流泻！

白昼与黑夜同时眷顾这荒芜的森林。

年轻女子三步一跪拜，朝向日出的方向祭祀，禅定。

我暗自惊叹你的复古，尽管历尽岁月，却仍然擎举淡雅素朴的姿势攀缘在生命的高处，叩响无数个我或者他的心门。

天与地一尘不染且静止了，即使黝黑瞬间萌动，森林无状，亦仰望在你的足下。

盈满与亏损已无的放矢……

森林，一抹光垂直坠落

梦到一棵树的光影。

春天了，森林从此处缓慢行走，路顺着人站立的位置进入冥想状态。

这是一个辽远、幽深、未知之地，密林中的光借助一棵树于腐朽中诞生。厚厚的枝叶交叠平铺在泥土上，可我见不到泥土，如同你见不到一枚树叶真实的面孔——

森林忧愁起来了，熹微的曙光已无法自持，悄然凋谢。

收拾歉意，树静卧在清晨听有你的每一声脚步。此时恰好什么人路过这里，将光芒遍布我全身及远处无人的森林。蓦然地，我成朝霞与落日流转且错落有致的云朵，依附于你，借助你的肉眼折射出人、物、世界的存在。

而此刻，枝与叶腾空的缝隙，一抹光垂直坠落……

树，组成一组组队列蜿蜒伸向我，森林退到了我近在咫尺的后面。

不，请允许我立即结出梦的果实，供我幡然醒悟！

一棵树的风骨

高出所有。

枝干，筋骨，血，绿色，或浓或淡，或轻，或再轻——

所有翎羽都不被黄昏拥有。

没有比忧伤更愤怒的了，一棵树站在山巅上，遥望置身其中的黑夜吐露极度疲惫的恐惧。一棵树留下一种孤绝的死相，一种在极昼状态下陡然的处变不惊。

从小事物摆渡自身，我渴望饥馑回归，我好在高高的树冠上开出脆弱的花朵。

我又渴望有形无形的粮食贯穿大地，在大地上，我要和你一起缓慢升腾……

暮色持久，风吹散了一棵树的热情。

而我从来不知道，一棵树倒置在落日里的动人场面需要新的黎明惨淡照拂。

今夜，没有什么比春天更不同寻常！

（选自《六盘山》2022 年第 4 期）

一场虚构或者虚无的雪（外二章）

向天笑

一场大雪就像一场大病

一场大雪，就像一场大病突如其来，这陡然的变故，让你欲哭无泪，满身流动着蚂蚁啃骨头的痛恨。

那些舍不得践踏的白雪，被远行者踩得一塌糊涂，你一挥手，便化作一片虚无。

不带走一朵雪花、一枚落叶，只带走自己的躯体，精心守护的花园，以前一直只对一个人开放。

不料，被一场蓄谋已久的大雪袭击，你一挥手，就告别一地的鸡毛，春天来了，你何愁不恢复花团锦簇。

一场梦中的雪

一场雪，从江南下了江北，在你梦乡的四周，就落满了这样的白雪，还在你的梦里纷纷扬扬。

你的泪珠像悬挂在冰凌上欲滴还凝，睡眼惺忪中，有一个人来了，轻抚你。似露珠滴进花蕊，颤抖着淡淡的喜悦。

那么含蓄，那么内敛，那么不动声色，直到你彻底融化成一摊雪水，我还是装出一副波澜不惊的样子。

是的，我像雪一样飘来过，又飘走了。

那时候，你正痴迷于自己的梦里，羞于喊我转身，喊了，羞于出声。

在雪光面前

雪光无灾，吸取这一夜全部的黑暗。

你微弱的光亮，可以照彻我的心扉，像轻微的喘息，让我怦然心动。

在雪光的面前，我满身都是污点，不敢前行也不愿后退，静静地守候在你的身边，不挪半步。

任你一层层地加厚，直到成为最痛的距离，直到整个大地面目全白。

（选自2022年2月24日《楚天都市报》）

图腾与愿景（三章）

贾文华

矿山男子汉的誓言

挺进地层深处，扭亮一盏盏开花的信念。让奉献的意念，淌成沸腾的泉。

做一个荒诞设想：假如无形之手将铁铸的风门撕开；假如复燃的鬼火已找到最佳瞄点；假如我们跋涉的路线，被死神统统拽断。

“兄弟，我们是血气方刚的男子汉，不为占山为王的寨主，愿以百倍的力量、排山倒海的气概，砸碎所谓的死神，以及鬼火一样狰狞的灾难！”

不愿将芳名混入这片流金的断层。胆小鬼的羞愧，只会将荣光的土地污染。听一听远古那澎湃的涛声吧，仿佛前辈，又铁马金戈地驰骋在大漠。萦绕于森林中的勇士魂，请接受子孙的膜拜！

远方煤峰的线条，好比我们隆起的轮廓。火焰山一样的浓缩，大写意我们的骨骼。

我们战马似的出征了，得驮回一座座乌金山，得捧出一块块燃烧的情感，去雕塑属于矿山男子汉铁铮铮的誓言。

下　井

这个想法由来已久：舞文弄墨的奶油小生，脱去西装，解下领带，换上工作服。挺起还算宽的双肩，很骄傲很自豪，竟然成为八百米深处的王子。

去会那些喝老白干像喝凉白开的兄弟，和他们交朋友。搿胳膊、挽袖子，非要比试健与美。如果哪位大哥说我胆怯，那咱就在这地层深处见分晓。

还留恋那缕紫玫瑰香味的雪花膏吗？还遐想办公室那朵一见倾心的茉莉花吗？想象黑液体涂面，定会清爽无限。感觉心灵的美加净，是矿工的豪气配制的营养品。

换装，换去一身呆板，换上一身轻松，一声口号吹出满天星。把矿灯端正地戴在头顶，我浑身是劲。再望一眼蓝天，白云以及那颗红太阳，跟上掘进者的队伍——下井！

升　井

虽然步履迟缓，挪动叠加的疲惫。老书记的眼神流露柔软的疼爱。脊背上的灰尘，好像万吨沉重。

但，我没有示弱。

示弱不是男子汉。我偷偷瞄了老书记一眼，他那坚毅的额下，没有一丝愁叹。是啊，我该扬起我的头颅……

振作起来，让步履的沉重，成为诗行的欢快，拿出决战的勇气——攀！

我们充满力度，我们一往无前。

看小碳车驶向太阳，奉献佳篇。

希望，组成我们升井的制高点。

（选自菲律宾《商报》2022 年 2 月 18 日）

雨声中醒来（外一章）

蒲永天

雨声中醒来，我徜徉于一首诗中。

聆听乡村春雨，我揣摩园中那棵老果树内心的想法。它们紧裹的花骨朵暗藏秘密，在雨水浇灌之下慢慢松口，吐露纯粹的思想。它们会在翌日阳光的催促下绽开一片片云朵，高擎起耀眼的灯盏，照亮村庄，香气四溢。

思想的道路悠长。屋外的那些老果树，如同未曾谋面的祖先，泣涕如雨。

他们庇护下的村庄，多少年来生生不息，香火绵延。

或许有花瓣，会被雨水踩落，露出青绿的果实。

梦境芬芳。大地无限柔软，青苔粉饰庄窠。有人在落雨声中嗅到了青草气息，有树木伸展细胳膊摇曳着多梦季节。

一场雨在不断敲击我深夜的屋子。

雨声中醒来，我真想打开门，看辽阔的雨水落下，而万物披散着湿漉漉的头发。

归来之后

像结束一段旅行，浸染着时间的粗犷气息，我水意淋漓地来到你面前。

勇气顿失。啜饮你的目光时，我始终保持缄默。

倾听你流水的话语，胜过鸟语花香。

春天再次到来。花儿从黄土中汲取力量，温暖深入内心，热情洋溢。

如守住秘密的陶器，身体缠绕水涡纹，内心贮满卑微，在意念之间波光荡漾。

我习惯于写下诗歌，散发光焰。

时空遥远，唯有诗歌在倾诉，念想炽热。

此刻，词语丢失，内心荒芜。话语如风，在唇齿间拂过，未找到契合的节奏。

唯有你喃喃诉说，话语缱绻，神态慵懒。有些事情默默逝去，成为恒久，永远封存。

我们在凝视中目光碰撞、交融。呵，春天已然到来，青山绿水的日子唾手可得。

我绝口不提过往，埋下苦楚，冷暖如陶，守口如瓶。

唯有时间短暂。春天的火焰在持续升高，青枝绿叶的事业在壮大，春天于我们的恩赐无限深厚。

我看到：春天安静。阳台上，花草细致地绿着，记录美好。

（选自《散文诗》下半月·青年版 2022 年 6 期）

春天在我体内游荡（外一章）

刘赞科

今年的冬天来晚了，至今未天寒地冻。

但春天等不及，已强行进入我体内，像一只从未谋面的兽闯入庄稼地，毫无节制。悸动或收缩都无法延缓它的冲击，我的身体因压力开始膨胀、扭曲。

无法遏制，不堪重负。我只能在各个路口设卡封堵，防止春光倾泻。如同窗外正在进行的这场疫情战争，不知来头，看不到尽头。

从无到有，从小到大，太多的事情突如其来又好似如约而至。站在过程的脊背上我束手无策，攻不能进退不能守。

春天迅速在我体内开疆拓土形成江湖，争斗已不可避免。我开始听到集结号响起，它们已经目标一致，斗志昂扬，它们的排头兵开始冲锋陷阵。

我不知道还能坚持多久，我的兵力有限，且大多老弱病残。我已经听到自己破碎的声音，已经嗅到沦陷的气息，我知道大厦将倾。

我知道这是劫数，天寒地冻未到，冬天已过。春风开始爬上山头插红旗，那些小草和昆虫开始围拢上来争当哨兵。

我听见铃声亦响起，破空而来。

我想问问，该去哪个哨所接你班？

深耕浅种

就那么一瞬。

心被撬了锁，荒原被赤裸。

封存多年的秘密毁于一旦，一地狼藉。

知道是风来了，这些无手无脚无处不在无所不能的幽灵长途奔袭而来，手刃春色。

但愿只是路过，像邻家的牛误入我的田，践踏之后径直离开。

有时候的偶遇胜过厮守。

缥缥缈缈的悸动更容易留下怀念。如一粒孤独的种背对着天。

知道是你来了，但愿不是路过，而是多年未有谋面来串门的亲人，泪流之后情意绵绵。

门是一道伤口，一旦打开再难愈合。

任由你的气息为花传粉，

任由你的微笑遍地开花，

任由你半生的哀怨强行留下一抹红。

而我，将敲碎自己，深耕浅种埋在这春寒秋肃里

和你一起发芽或合葬。

（选自《青岛文学》2022 年第 8 期）

送你一首诗

雨倾城

当路起朝阳，推个红轮子。
卸下千峰来，云头载我去！
——《日出》粥饭

这一条明亮之路，只有你和我和三月知道。

我说太阳红，柳芽儿黄，不让风听到，不让云知道。

真是，很美好的情境。

世上原有这么一些事，埋在最深最深的心底，折腾，澎湃，燃烧，你转一个弯，再转一个弯，好多人还在那里，好多泪还在那里，好多苦痛苍凉挣扎不甘还在那里，有时翻阅旧忆，泣不成声，胡思乱想，停也停不下来——

豁达缺失于我们，笃定缺失于我们。

生不易，活不易，生活不易。

居，大不易。

没有一颗坚强的心，如何才能随它去，卸下千般重负，如悠悠白云，似汤汤之水，无论奔向哪里，都是超脱尘俗。

我家余酿尽，买酒赴烟霞。
子若先来了，提灯赏杏花。
——《晚邀》粥饭

一个人是清欢。

两个人是恬淡。

最钟情于这样的相处方式，随意，不拘，家里人一样自在安然。不给对方以压力，不给友人以沉重。

后来，他们大概便是醉酒、品茗、笑侃天下了吧。

当然，也尽可以有杏花相对，静坐读书的闲散时光。

忽然又想起了自己扣扣博客朋友圈，已从家人同学朋友领导陌生人一点点儿扩散天下，接纳了所有的温暖、善良、感动，也接纳了所有的冷漠、薄情与疏离。曾经客套寒暄，曾经点赞跟帖，彼此掏心掏肺儿女情长，于今，了了。

了了。呵呵。

一切，都回到了最初的样子。

走在春天的路上，当你避开一些外物，你会发现，那些让你甜过痛过的经历与不堪，不及此刻山河，那盈盈一笑。

尘世数十载，悠悠耗尽。

你是否也有过诗中这样的一位知己，他有时会游离到你的视线之外，却始终未曾，离你心头寸步。

移案晴光下，投书欲相许。
窗开字未成，一纸梨花雨。

——《三月寄远》粥饭

突然不知道从何下笔。

到头来，还是一个人。寂静，且溃不成军。

冥冥中，似有一只手，连接了因果，带给你别样的微笑与天真。

万人如海。岁月沉淀。对于那些前世写就的爱恋而言，晴空下，几案边，那个离你最近的灵魂，是你最最想要靠近的天堂。

他在你的生命里出现，使你学会珍惜，学会付出，也学会胡思乱想不切实际地憧憬未来。

也让你变得更加优秀，雕琢成该有的样子。

阳光照在脸上，闭上眼睛，轻嗅花香，一切美好。

然而，写信的手，哭个不停。

如果你在我身边，一定又会笑我“傻孩子”了罢。

（选自《牡丹》2022 年第 6 期）

墓园里一树枇杷黄了（外一章）

陈　俊

“一个人的死亡如一只鸟的翅膀，一当扇动，飞过，便留下一片阴影。”

墓园里一树枇杷黄了，像一个人垂首墓地，成为寄住在这租借的空间里的人一张不需要张开的嘴。

有人伸手要去摘，他说那是养给鸟儿吃的，一只鸟儿代理着一个灵魂发出鸣叫，体现回到阳间的幸福。

“存在感的本质是一个严肃的话题，它需要生者向死亡虔诚。”

是的，他说他即将进入兵荒马乱的老年，成熟得像快要自行掉落的枇杷。随意掉一颗都能砸中一个硬直的石碑和雕刻无误的名字。

“在乌鸦多的地方，松柏更加茂盛，为的是给存在营造一种延伸的氛围。”

墓园肃静，柏树肃穆。

时间的行走终以隐喻的方式挂果。

一树黄了的枇杷，不再有人采摘。

那些金黄的涂饰，像不像金子已经不重要了，也无须为赢得赞赏而低垂。

静于碑文。

也许我们只有在死亡之后，才真正获得不再需要的果实。

孤独的舞蹈

在山顶的一块平地上，有一个穿着白裙的女孩在那里独舞。天空是她的幕布，大地是她的舞台，风是她的观众，鸟鸣是她的伴奏。

她跳得不算优雅，但陶醉。

是完全忘记了自己，忘记了世界的那种。

我内心的掌声溢满我的目光。

而我的到来，惊飞了美。

音乐戛然而止。她停了表演，脸上现出一丝羞怯和惊慌，我想张口赞叹，却生生被风噎住。

眼神碰了一下，我的欣赏，到底让她镇静下来。

防护罩的光收缩了一圈。却更严密。密实的，密不透风。

我环顾四周，山高地旷，五月的暮光柔软。

不要怀疑孤独的属性，与品德无关。

多少年。舞影占领着一座山顶。近了，远了。大了，小了。

有挑起强烈靠近的欲望，也有一击即溃的电流。

我的审美停在洁羽敛翅上。

不再打扰，悄然退出。让她一个人舞出一个镜面的光，一座寺。

当我下山，身后的音乐再次响起时，我心头的梨花落了一地。

（选自《青岛文学》2022 年第 11 期）

生命之后，塑像继续

黄官品

龙王庙山顶的风中，飞出一群麻雀。

大雄宝殿佛像前，从泥土里爬出来的舅舅，在一身黄土袈裟里，变戏法似的敲木鱼。

山谷间哗哗流水，映出一片满脸皱纹的天空。

考满分的逃学的，进去的出来的，台上的台下的，红的白的，被骗的，南边的庙主，北边的和尚，纷纷慕名而来。吃了舅舅一番话解的药，才看懂泥菩萨里的人，才顿悟五千的雨水，养活一座座山。

吹进寺院的风，飘过大殿的云，池塘的莲花鲤鱼，苍松翠柏外的青山，也一身袈裟。

今晨又白露，遍地的草木，在生命的刻度里，悬崖绝壁，又浅了一尺三寸的流水。

天空凉了额头，寺院西南边建了一间异样的矮房，我看见袈裟里面，那身瘦弱单薄的骨架。

推开矮房门的刹那，一尊尚未完工的塑像，雷劈出的惊魂一刻，舅舅，塑像，一个降生在人间履行神旨的物种。

一个无声地注视着我，一个比画着生前身后事，怎样的暗语，从不同维度导出一只蝴蝶的天上人间。

一朵魂飞魄散的云，一张跨越三界的通行证，重合分离的轴心，甩掉天上人间的灰。

如何接纳舅舅，从尘世到佛像到塑像的胎变。一身袈裟，删除天下事，进了晨钟暮鼓。一尊塑像，退出人间，阎王殿裂开一道春风万物的伤口。

舅公在此：佛祖菩萨天罡地煞，渎职的给老子跪下！

佛也罢，神也罢，不过是舅公手里的工具。前来敬香的人都被将了一军，太阳落山的月亮梦。

高出尘埃低于目光的寺院和圆寂房，包修天下的烂尾楼：锄，斧，锯，刨，锛，皇历，罗盘，袈裟，木鱼，经书，法咒。

今生的灰魂！来世的莲花！

一尊盘腿莲花座的塑像，已非血脉里的舅舅。一堆冰冷的死灰，一股凝固的烈焰，正来回搬家似的交换生死的场地。

履职人寰，寺院，天堂，浮天的云朵，落地的雨水，兑现春花秋果，把天蓝云白的青山还人间。

喧嚣浑浊的尘世，云雾翻滚的天空，会因此清静下来吗？

我懵懵懂懂闭目低头，捧起双手胸前画十字！

哟，神态惭愧的舅舅，尚在路上的塑像，腼腆地笑了，像一个没做完作业的孩子。

如此这般，把剩下的作业。

带身边，把玩！

未尽事宜，一部老旧的手机，传隔世的声音！

附记：去年白露时节，去看缔造报国寺的舅舅。在寺院转悠时，舅妈笑眯眯拉着我去寺院西南边的一间矮房子，边走边说："这是他死后（圆寂）在的地方。"进了房门，指着一尊塑像说："看看你舅舅，他自己塑的，活灵活现的样子。"惊魂未定的我，看见那塑像时，脊梁骨凉了半截 ——

（原载《上海诗人》2022 年第 3 期）

欢喜不褪色（外一章）

张　雷

舍不得最后的暖，晚霞为远近的山峦镶上金边。
鸟雀竞相归林，流水倾听着孤舟的心声。
拉开夜幕，寻找童年的流星。
追赶夜风，驱散梦境里的惊悸与失落。
靠近灯火，爱是最暖的颜色。

映着朝阳画圆，喜鹊在梅树枝头传递佳音。
菊花黄，桂花香，大红灯笼释放着五谷丰登的喜庆。
瞩目迎风招展的五星红旗，我向伟大的祖国敬礼。
倾听激昂雄壮的歌声，山水林田都露出幸福笑容。
欢喜不褪色，祝福风调雨顺，祝福国泰民安。

想明白

天边的云，想裁剪什么款式的衣裳？
海里的水，想澎湃成什么模样的狂放？
一群鹤，在云之巅寻找到了家乡。
一艘船，在惊涛骇浪里砥砺梦想的辉煌。

追赶秋风的行程，即将收获的庄稼神情凝重，飘香的瓜果成熟了淳朴的愿景。

秋凉，梧桐伤。衰草的叶尖，霜寒泪冷。
所有的狂热，用清冷的方式告别身后的季节。

牵牛花似乎不太在意时光的炎凉，在温煦秋日里热情洋溢地绽放。

无论冷暖，无论阴晴，开花结籽是牵牛花的追求与向往。

风骤雨狂，即便暂时找个地方遮风挡雨，也不能迷失了曾经的方向。

累了的时候，可以静坐品茗，可以凝望夕阳，可以将一盘残棋起死回生……

不要计较道路的短长，朝着既定的目标行进，就没有了彷徨惆怅。

不要苛责人生的磨难，挥刀披荆斩棘，迈步踏平坎坷，或许就望见了心仪的峰巅……

（选自《湛江文学》2022年第12期）

隔岸观火（外一章）

杨　东

岸是长堤一隅，掩映于花树，堤旁流水寂然。

火，是水镜之上与涟漪之下的霓虹，在暮晚的琴键上有节制地变奏。

此刻，它们寄属于同一时空，不再是互不相关的事物。它们因一个唇齿相依的词，产生了必然的联系并紧密契合，如同你曾获得过的短暂友谊与少量爱情。

隔岸。观火。

岸上一个人，顶着自己的灯盏。昏黄的光，照耀他回到最初的模样，只是一颗心，不再是往日心。

在浴火的镜子里，他站着，也倒立着，仿佛世界给了他不同的分身。

他沉默、思考、疑惑——世间为何还有那么多必须选择的陌路。

岸浮于水上，火深入水里。水与火在失而复得中融合为另一种明亮的物质。

水，因清洗了过多的面具而泥沙俱下。水，已非天上的纯净之水。

火，因炼制了不同的面具而丢弃了自我的盔甲。火，已非大地上的钻木之火。

站在岸边，越过坦荡之水，眺望对面隐约的灯火，我不知道：

是哪一线有限的光明，穿透了我平凡而灼热的一生。

是哪一丝无限的波澜，照亮了我此刻静如止水的面容。

不易察觉的瞬间

闪电追逐加速的列车。雷霆游戏手中的霹雳。

风吹过一棵树，一片片发光的叶子获得新的密码。

临窗的人心如止水。他有两张不同空间的面孔，一张模糊如幻，一张清晰如镜。

熟睡的婴儿醒来，眼含春水。

上了年纪的人常常午后犯困，半夜独坐。

一个晚归的人提着自己的影子，一个读书人合上泪水浸湿的书卷，一个内心有恶的人开始坐禅，一个抑郁症患者急急向另一条陌生的道路奔赴……

这是被反复抒写的暮晚。

这是刚刚闪过眼中的画面。

这是一个不易察觉的瞬间。

（选自《星星·散文诗》2022 年第 12 期）

他年流音（三章）

焱　引

纯白羽毛

夹在勇敢和怯懦的中间。孑然一身，走进荒郊的孤堡。螺旋的蟠龙擎着闪耀的明珠。

木门背后安放着圣洁。

调皮的孩子在黑夜的跟前驻足，晚风的密语比童话缥缈。命运给我们带来了所有，又毫不留情地全部带走。

我不甘心连一丝浅痕都不允许拥有。

我想尽一切办法描绘，翻遍了达·芬奇的书，注视着米开朗基罗的手。头顶的星河想把灵魂与肉体分离。我不止一次想彻底追求，所谓形而上的道路。

激动的心跳，窒息缓步侵扰。我提前为圣人准备了礼物。在预言的梦里，我们相遇在白茫茫的天空，我们坐在大海的怀里分享见识，我们还在床边叹息尖叫的灵魂。

从此，我独坐居室，培养一颗最干净的心灵。

村　居

关掉的灯，沉默地把密语收入怀中。蔓延的黑夜对知识最是渴望、痴迷。是什么赋予金色以生命，以及闪烁着的眼睛？

我在那堆废弃的砖瓦片旁，看见了残楼，孤木，断石，深坑。我迎接破碎的洗礼，让灵魂得以颤动。

躲藏在花丛中的小溪，用娇音俏皮地给你提醒。载着星星去往桂花林。淌过嶙峋的峰石，又惊慌地扑进你的怀抱。

沉淀着峭然的期盼。

我用镜子映照年轻，请求茂盛的槐树为我画像。浅浅的笑容定格在羽毛，自然而微妙，没有褪色的信号。

锄头上，晶莹的汗珠，用一首歌谣融合了四季。

我喜欢踱步，在一个宁静的村落中，在自由舞动的草地上泡一壶茶，让飞鸿带上我的目光去遨游。

沉睡的帽子

骚动的太阳。骚动的人群在广场上晃荡。呼出的白烟是树叶的纹理，不同人种下不同的浮云。用斧头惩罚拱桥边上的杨柳，客店里的宴席，只能铺下红色的欢喜。

树荫下的蝉鸣表演着歌剧。抢不到的门票，偷偷把木椅放在丛林。突然想起忘了带收音机，向路人学习音符的身姿。

三月种下的花儿抛弃了我，一直看着对岸的雄鹰。我不知晓水滴的重量，我不回避断崖的淡漠。理性与感性，都有着糖果的魅力，自然也有着莫大的嚼劲。

绿色的海洋里，有怀抱希望的少女和凶神恶煞的海盗。远行的祝福语，分不清节令与四季。童话里的告诫，我们总是忘记，像被随手摘掉的青丝。

我们热烈地拥抱着彼此。我们又把影子划分明确的定义。太阳和月亮有时候挨得很近，一个黯淡，一个明晰。水花试图跃上山顶。

断断续续的诗句，沉默在角落的保险柜里。我曾虔诚地书写每一个字句，反复擦亮潜藏的哲思。

到哪里去确定绝对的意义？宇宙中的繁星，千年石碑的注语。微不足道的虫子创造了世界。我在纯白的羽毛中，翻出了一串飞翔的意象。

（选自《散文诗》2022 年第 5 期）

种出一片大海（外二章）

柯健君

人，有时候就是一粒沙子，一粒无助的沙子。

可能被挤压、被放弃、被仇恨、被嫉妒……一切在沙子身上所遭遇到的，都有可能在人的身上重演。人，有时候穿着衣服，却像沙子一样在别人的眼光或心里裸露出了最隐私的地方。想呼吸，却是咸味的；想实实在在地拥有一双厚实的手掌，却是躺在虚幻的手指上；想在玫瑰、露水和杯盏间次第穿过，却无奈游弋在别人散发着臭味的脚趾间……你想拥有大海，大海却走近又离去。有时候，我们的梦想很伟大——甚至，感觉自己是大海的种子。只要努力，就能种出一片大海来。

很多时候，生活让我们哭，让我们绝望。

可是，我们还在坚持着。想爬上天空，成为一颗星星。

在我的身边，有很多怀揣梦想的人，他们不断努力，不断坚持。哪怕是失败了，也愿意重新再来。他们像沙子一样，一无所有的时候，也会搂着另一颗沙子歌唱。

我愿意相信，再坚持一会，沙子也能爬上天空，成为一颗星星。

愿你也相信，自己能成为一颗星星！

海也读我的沉默

黄昏来临的时候，我们的心也会暗下来。

黑暗本身也是一种催化剂，会把我们内心深处原本隐藏，以及一些黑色与消极的部分或多或少地催生出来，譬如懒惰、仇恨、嫉妒、彷徨……譬如冷漠、混乱、哀怨、寡欢……黑暗中，这些冰冷的词汇所营造的情绪无处可逃。

可是，有很多人喜欢黑暗。在黑暗里，没有人能看清他的面目，没有人能知道他的内心是藏着凶狠的大鲨鱼，还是温柔的海豚。他们戴着面具，抵挡着阳光的照射。他们是内心贫穷的人。

内心贫穷的人，给他整片海，也会丧失。海的辽阔与肃穆，海的深沉与宽广，对于内心贫穷的人来说，都是遥远的事物。

所以，我喜欢看海，在堤坝上或码头边，在甲板上或船栏边，看静静无语的海，看海搀扶着那艘跛脚的船只，送它回家。平静的海，内心会涌出无限的爱与善良。

我读着海的沉默时，海也读着我的沉默。我们相读两不厌。

我知道，如果我是一只被大海遗落的泥螺，海也会不停地找我——不管找多久！

远处的船只和大海的深邃

在这一片宽阔的滩涂上，矮木屋就显得更矮了。如果更远一点看过去，它几乎就和滩涂上的那些垄泥贴在一起。风过来的时候，似乎随时就可以把它从自己原先的位置上移走，或是吹到半空去。它挡住了凌晨和黄昏的阳光，产生的那一小片阴影，在一天当中围着木屋转动，把它牢牢地划定在滩涂中间的这一个位置。

矮矮的木屋里住着一个男人。那是一个养殖蜻蜓、螃蟹和一些贝类的男人，他靠养殖这些来养活自己和整个家。每天进进出出，他不带着女人，而是带着泥巴和浓浓的海腥味。那些泥巴和浓浓的海腥味依附在他的斗笠和衣服上，依附在他的脖子间、爬满青筋的手臂，以及粗壮的小腿上。他毫不介意，还乐此不疲。他喜欢这些泥巴和浓浓的海腥味，仿佛它们是他一整天的快乐和安慰，是他在这个世间无法分开的伴。

在白天或夜晚，在阳光照耀下或黑暗吞没间，抑或在海风吹拂、暴雨狂打中，矮木屋，都是一样默默地孤独着。它孤独地看着这个养殖蜻蜓、螃蟹和一些贝类的男人每天进进出出；看着星辰与艳阳永远不能交汇；看着潮水几次就要淹过堤坝……它孤独地看着近处的苇丛、小树林，看着远处的船只和大海的深邃……

有时候，养殖场里的男人和它一起孤独，他靠在它粗糙的泥巴墙角，陪它一起说话，一起看着远方，一起默默不语。

这样的时刻，他们两个就像孩子一样，被海哄着，睡着了。

（选自《散文诗》青年版 2022 年第 8 期）

理想主义者（外一章）

耿永红

有人拿着木棍，蚍蜉撼树，与手持猎枪的人战斗不已。有人拿着砖头，与一只路过的大鹅斗得上蹿下跳，不亦乐乎。更有一条天真的鱼，趁着涨潮，跳上了沙滩。

堂吉诃德与风车大干一场，最终一败涂地，成了笑谈。

海的女儿，为了爱情，索性舍去宝贵的尾巴和黄莺般的声音，换来双脚。

直至一切化成了梦幻的泡沫。

——成了个彻头彻尾的爱情主义失败者。

活在理想中的人，默默忍受着现实的磨砺，他的内心，仿佛沙子挤进了蚌壳里，疼痛不已；

而他悄寂的眼泪是阵风，拂过一堆孤独的废墟——被时光丢弃的繁荣与挚爱：

上面倔强地开着一小朵金黄的雏菊，于残垣断壁中出落得楚楚动人。

这些美好的碎片，跌成了破碎的水晶；他捡拾起来，在墨黑的夜里陈列给自己看。

眼里闪耀着炫目的光彩。

没有解药的事

一只流浪狗的死，沉痛而惨烈。来来往往的卡车把它碾成了薄薄的皮。

铺在马路上，是一张消亡了地标的地图；

无数花瓣凋落，成为春天小小的碑，挂在青春的枝头；

一个人的崩溃。暴风雨大作，街道上女人失控的号啕大哭；

流星诀别，化为一道白色痕迹，迅疾而决绝；

在世上，你想挽留的一切，某年丢失的漂亮钱包，某个定情信物。被撕成碎片的信。微笑的年青的照片，一直固执地不肯老去。

某只抽屉里，零零碎碎的杂物，失却了曾经的温度，抚摸过的手指，记忆明晰。

镜子里越来越沧桑的脸。逐年冷却的眼泪，以及欢笑。

倚靠在背后的小桃树成了一个孤独的矮树桩。

人面桃花俱无踪。

曾经生死相许爱着的两个人再也无话可说。于人群里擦肩而过。

……你不能接受的事情正在发生。已经发生的，正在发生的，以及将来发生的。

都在原地等待着你。一切将无药可医。

有时候活着，真相并没有解药。

（选自《星星·散文诗》2022年第2期）

夜鸥（外一章）

曲全胜

一滴露，轻颤地，轻颤地。

夜鸥亮细的嘴尖，叼着一颗明珠。珠玑闪闪，掉不下来。

海鸥，睡了。夜奔的累了。它收紧翅膀，在船舷上栖落。

一阵海风吹来。浮云淡而软，像乳色的纱移动……东方鱼肚白。

海鸥醒了。一滴露，从尖细的嘴尖跌落进海里。

于是，海，接到了黎明的通知了。

听　海

鼓荡在波涛上的浪花，飞扬着，像盛开的马蹄莲。如白色的马蹄，飞奔在绿色的草原之上，马蹄的每一次起落，半是青痕半是花……

倾听这海吧——蓝色莽原，以它那宽广的胸襟，海纳着百川的苦乐。绿色海疆，以它那博大的构思，领略着万千船帆的百舸争流。

倾听这海吧——古老的船帮，把郑和下西洋的沧海悲歌，谱写成沧海横流，方显出英雄本色的壮丽画卷。古老的渔祖，把走出山顶洞人新石器时代笨拙的工具第一次搬上了船台，捕获着洪荒的传说故事。化为浪潮，也如雷贯耳。

倾听这海吧——渔夫的背上有一颗滚动的太阳，扛着大山出海，背着残阳归航，炎黄的子孙，一不小心，把家安在了海上。孤舟之旅的航行，永远都以风雨为伴，狂风巨澜也从不退却。因为古渡口，在斑驳码头尽头的顶峰，有一盏马灯在召唤着遥远的归期。

鼓荡在波涛上的浪花，飞扬着，像盛开的马蹄莲。如白色的马蹄，飞奔在绿色的草原之上，马蹄的每一次起落，半是青痕半是花………

（选自《塞上散文诗》2022 年上半年卷）

门道（三章）

黎　阳

门是道的嘴

境界，道用门展示人的叠彩纷呈。

门吞噬着不同的思想，汇成龙飞凤舞的道。

斗米是道，山水是道，龙虎也是道。

演道的张道陵，形神具备，口吐莲花。

莲花是人世界的真相，也是万物涅槃的真相。

相由心生，相由心生。

无相与有相之间，就是门道的区别。食百菜知白菜，熟百米知白米。

门是道的嘴。

门扇，是道的壁垒

开合是门的面子。门扇却是两把板斧。

门扇，是道的壁垒。扇面上有程咬金坐镇，纳智慧的光。闭门者也无法避免三耳不胫而走。三耳也是一扇门，耳门不关，丹心通透不变。

不知门扇的真，就不得入其门。得门而入的人，把握入门的三昧。有真有善有美的门，才是正门。

推拉平移的门扇，掌控着不同的力。受力的门扇，才能扇动门的光泽。李逵舞动的旋风，吹出了平地的清凉。

门扇开缝，才有万物生的气韵。

门扇关，格局自成；门扇开，天地浑然。

门槛的高，是高山的高

门是敞开的，从未拒绝脚步；道也是敞开的，从未拒绝参悟。

门槛是界限，一界门里的是门徒，一界门外的是信徒。

门槛不说什么，摆在你的面前。佛与天尊不说什么，依然像火鼎盛。

门内是团结的佛和天尊，门外是生疏的道。

门槛也不做什么，任你去踩踏和消磨，等消耗了光阴和方圆，破门槛就换个新的摆在你的面前。

（选自《特区文学》2022 年第 10 期）

无影灯（二章）

马雪花

悬　空

指腹滑过键盘进入熟悉的领地，时间的瀑布倾泻而下，潮湿扑面而来，淋湿了我。

清甜的空气团在房间里，镜头推远，墙壁褪去谎言的翅膀，任由暖色的灯光垂下、氤氲。

漫不经心地敲击之后，一行字贴近视网膜：细胞瘤术后左小腿缺如。

缺如，是一种状态，也是一种可能。

可能是意外的残端，像一支笔包含所有未知的词语，一朵花想念秋天的果实。

心影彳亍。空旷的残端衍生新的空旷，陌生的空旷代替无法紧握的空旷。

走过的路，踩过的沙砾，无限放大，又被粗暴忽略，伸出去的手停在云端。

未知的一切开始漂浮。有草色，有花朵，有穿过无影灯之后浸润黑夜与白昼的痛。

想象不断延伸，失去与得到平分身形模糊的恐惧。幻象销声匿迹，一闪而过的明亮唤醒步态恍惚的帆。

恐惧被揉碎。脚趾走失，胫腓骨已离开解剖图，牵起清风步入黄昏，拐杖接近地面的勇气，是结束，也是开始。

温润在秋日蔓延，藕荷色的裤管穿在一阵风的身上，时间的皱褶里，仿佛洇着露水。

树影沙沙作响，阳光被悬空。

漩　涡

水草逶迤，语言的触须远离最初的柔软，用一种漩涡解释另一种漩涡。

无须回避什么。身不由己的事情交给眼睛，真正的过滤网要贴在耳膜上，识别来自声音的伤痕。

天地空寂，平仄之声自舌尖流出，环绕纷纷的尘埃和沙粒。

溪水倒映春天，风雨捡拾战栗的花瓣。消失声音的人间，有那么多的爱和恨，需要我们去遗忘，去辨认。

耳膜振翅欲飞。风声，雨声，虫鸣进入草丛的沙沙声，目光来不及辨别时间的升降沉浮，鼓胀的心事已经失去明亮的音符和路径。

幽远不可寻，耳朵紧扣声音的边缘，直到小剂量的喜悦变成忙音。

夜色深不可测，阳光不可触摸。

一切啃蚀心脏的事物都在胸腹间卸下盔甲，任由肉体的盈余无声消融。

夜与昼循环，黑与白相互成全。

暗影与明亮之间，浮游的动词反复出现，为无法成立的倾听明确身份，等待语言之翼跃上眼眸。

（选自《散文诗》2022 年第 3 期上半月版）

没结果，也是一种结果（二章）

蔓　琳

人间烟火，点燃我的世界

早就已经放弃了，那些忽明忽暗的春天。山，古老而清晰，在遥远的城市之外，像极了远望的某个人。

无须说太多话，暗涌的情绪静水流深。收拾那些飞鸟般的问候，爱与不爱都是一种态度，沉沦或者疯狂，谁能知晓最后的结果？

用雨水的方式潜入，在某个难以入睡的夜晚，与我说话或者喃喃自语，都捻灭那些虚妄的火种。用时间做成永恒的刻度，人间的烟火，点燃我的世界。

繁茂的人间，我虽是微不足道，但世界正是这一粒粒微不足道构成的。

春天，不过都是没结果的季节

风吹过河堤，所有的巴茅草都舞动起来。那么普通的杂草，一经风的撩拨，便有了一种婀娜的曲线。

春风浩荡。温软的气息无处不在，每一朵花都努力展示春的美好。

饱满圆润的面庞向上延伸，诱惑天空的流云。桃花、梨花、油菜花野蛮生长，她们各自放纵，心照不宣地珍惜一年一度短暂的花期。

野生的七盘花更是不由分说，一层层的将肥硕的绿叶踩在脚下，自以为是地炫耀自己的高度，无所畏惧地表达对春天的情义。

在每一块土地的缝隙里，攀爬抢夺生长的养分……

关于春天，秋天冷眼旁观它们的热闹与喧哗。

对秋天而言，春天，不过都是没结果的季节……

（选自《星星·散文诗》2022年第9期）

仙人崖

牧　白

与一株野草为邻，你靠的那片松林，它们有小提琴的琴音，翠绿就是音符。

拾级而上，抑或平路前行，这个夏天始终在你的裙摆上晃动。

若有风浅浅地吹过来，你便有浅浅的笑，开放在这绿野中。我也是风的一部分，只是误入了你的林中小径。

就让我越走越远吧，越过仙人湖水面，登上仙人崖顶峰。佛在高处看着我们，看我们穿过浓浓雾霭的相见，看我们十指紧扣的欢喜无限。

亦是你吐出的泡泡，列位仙人湖中闲坐，有朗声而笑者，有漫谈闲说者，有闭目侧听者。只有我们倾听彼此花开的声音、体内江流的运转。

一步一步，又一步一步。我们齐步跨过这台阶。青石板上有时光的印记，那些粗糙的、凹陷的、磨光的，都在我们脚下浑厚地卧了许多年。若时光倒流，青鸟来信，我在山中草舍独坐，你必然在邻山的小院里，朝我张望。

背向月光扑流萤，在光之一瞬，明灭之间，我们应在大地上，充满欢喜地度过一生。

（选自《扬子江诗刊》2022 年第 2 期）

完美辞（二章）

庞　娟

月，替我说出人间真话

你，独自艰难跋涉。

你，寂静，来自晨光，返回晨光。

被你粘贴的头发和田野，翻过一阵阵撩拨的风浪。

一切浩荡。鸢尾花那么年轻、高挑，清辉熠熠，如紫罗兰的眼睛。花园里忙碌的风，体内种满金黄的预言。

风在反复练习你的善意和隐忍，喧嚣向后倒退一步。

果子接住你的坠落，梧桐树，起身拍掉身上的眼泪，那声凄厉，喊痛谁的隐忍。

雨下了一夜，窗台湿润，书页被浸透捧不起来。

我要像对待绵羊一样，为花园准备茂盛的青草，那些青草的气味，让伤口上的月色，日趋寂静。

一个人，语言的月光倾泻。

夜色，扶着你的额头，似大雪姗姗而过。

灯盏清澈，眼神闪亮。

月亮看到梦的生长。

有人勾画世界地图，黑夜的隐身之所，星辰满眼，笔芯的植物，长出繁茂完美的四肢。

我找到了你，光与尘埃之间，葳蕤蓊郁，我们成为彼此的信徒，你替我说出人间真话。

多么美好，触摸我们，让我们如此完美。

我们的心，大声跳动。

就这样

就这样，白玉兰翼护庭院的寂静。

无花果怀抱一兜子哭泣，走来走去，寻找来年返青的路径。

树叶被风吹下，又被风吹出新的。

就这样，循环不止吧。

你已习惯沉寂，无声，是星空里的苦胆，是石阶上铺路的青砖，是喧嚣声抖落的虚无，是缓缓下落的功利，是黑暗海底燃放的烟火……真实的灵魂，从来，都是远离贪欲人间。

就这样，远离人间吧。

捍卫渺小极致存在，孤独、清高，和兰波羡慕动物的狂喜，和史蒂文斯想象可以触摸的事物，“诗是一种毁灭的力量”，以最高虚构形式拒绝被委派的阴谋。

楼房里也闹鬼，这是最高虚构。

绿色没有移动。璀璨的枕头上，有老虎的脚印。

就这样，虚构吧。

有人在楼下生产污秽的言辞，谁剥夺了他的善良？

你居住黑暗小屋，白玉兰是黑色的，灯光是月亮和星星，醒来并不是复活，向太阳致敬吧。

得了狂犬病的女人，面容模糊。那些悲哀的鸭子，赤裸交易，赤裸的声音和夜晚。

就这样，月亮是夜晚的交响曲。

让无尘的风运动起来，赋予世界虚无形式和单纯的完美。

隐藏黑夜，蓬勃自我，思想与自己争执不休。月光、水、白雪互相反射内心的白，如此灼热。

就这样，注视现实，一片绿叶停在杯子外面，是想进来吗？

一号楼，一间静悄悄的小屋，像树上重复成熟的葡萄，宝石般完美。

你变成了书。

（选自《星星·散文诗》2022年第8期）

秋先生（外一章）

苏小青

秋天，穿长袍的先生，今晚你将为谁而弹奏。一只蜗牛埋在草丛里，看那些高处凋落的事物：它将要去什么地方呢？

我的爱人，厌倦了人类罗列的瓶瓶罐罐——必须遵守的生存守则，消失在谜语里。最后的树叶使劲按住胸口、脚踝，从古老的咒语独自穿行。蜗牛继续借助小片月光书写：

我的剧本里没有一个人物，用来支配情节，至于我的朋友树叶先生，最后的结局是，它们终于变作了蝴蝶

手捧泪水，在瑟瑟摇摆的树枝上，等明天出生的太阳，等运送诗歌的大船，等小孩子捡起落叶，并为它们擦去灰尘和伤口。等蓝色风让翅膀鼓动起来。

夏天远走高飞。灵魂在秋天的枯叶里穿。

独　唱

我会在秋天离开。雨水打着荒原上无主的书店，九重高天的风吹我的脸，丰富的大地覆盖我，让我心香气浸染。

我的灵魂迅速地超越语言，超越语言中风的美好，落叶的悲伤，雁的遥远。

我终于触及理解的核心，人为何因音乐而感动，因好奇而惊叹，因孤独而痛苦，它们的本质：人，就是人的身体，渐渐的融化，融化于大地托起的时间。

我再也无须困惑于色彩的味道，声音的抚摸，知觉的法则。以及无法言说的爱恋。

而最终，我的喜悦完全醒来，抛弃我自己，来到那真实而朴素的理解，那是我的爱，源于你，源于在这恒久的泥土中，等待你，来我身边。

（选自《星星·散文诗》2022 年第 1 期）

关于阿瓦提刀郎部落的战栗（外一章）

王　悦

这是一个带着刀子的民族，穿着尖头靴踢走沙尘的民族。

木卡姆、麦西热瓦甫、热瓦甫……刀郎人在跳舞，刀郎人在歌唱，刀郎人酿下一桶桶热血沸腾的穆萨莱斯酒。

巨大的树根发散而出的枝丫，树的老人在秋叶中发出悲悯的叹息声。每一处枝丫的尽头，都存留着关于胡杨树和刀郎部落的秘密。

爱德莱斯布包裹的房子外，木匠打磨着一件精美的木器，他起身后，留下一堆哀怨的木屑在菊花脚下叹息。伤春悲秋太多太多，请给阿瓦提的秋天一些明丽的修辞。

路的两边是树，树的两边是木人（用胡杨木雕刻的十二生肖的站立者），他和他们一起站立（或是战栗），他和他们一起望及远方。

向深处走，拥抱不知名的骆驼。爬上它们的驼峰，看骆驼背上在胡杨林之外的战栗。

天山神木园掠影

向南疆的深处行走，向天山山脉的更深处行走，向深处的更深处行走。

走去托木尔峰脚下，孕育一群神木的地方。我们把这些树称为神木，而不是神树。这是对生命的最大尊重。

每株木都有一颗肿瘤，形成神态各异的巨大虬枝，人们命名他们为：旋风柳、虬龙腾空、千年银环、花瓶柳、将军树，同心树……

我在每一株神木的旁边，去静默他的故事，和起名者在百年或千年前发现他们时惊异的神态和心理！

对于我来说，最最震撼我的，是这样一颗从树干里伸出来的马头：

它像孙悟空被压在五行山下一样，露出低沉的头颅，甚至，看不见耳朵和任何缰绳的马的头颅。但我分明看到它冗长的睫毛低顺着眼的轮廓，哭泣的泪水滴落在树干下，滴落在天山深处的这片土地上。巨大的木，是囚禁它的缰绳，也许，它被囚禁在这里上千年了。

在天山神木园匆匆地一瞥，却不想遇见来自一只被囚禁的马的巨大悲伤。

（选自《星星·散文诗》2022 年第 8 期）

人间不可辜负（三章）

晓　岸

蓝皮书计划

从哪里开始呢？当中年的惑还未解除，新的困扰随之而来。真相如果能还原事物的本来面目，是否能安顿它们投奔到身体里去？

有人说，找到河流的终结之处就能洗清记忆。

在更多的记忆里，我们培育着一个虚拟的世界，植入万物的空阔，然后又穷其一生。而显微镜下，细胞的结构和图像与其完美重合——小与大，被我们错误地使用。

如果不出意外，我将荣幸地再活50年，携带巨大的宇宙，悲悯于万物的微小。世界旋转又静止，造物者安详如初。

我们称之为风的物质——它静止，像一张丝网。在我们燃烧的虹膜中扫描，仿佛代表造物者在验证我们为之建造的虚拟的世界。然后在时间暗淡之处留给我们一条返乡的路。

万树园

这是第一场雨吧？

从凌晨开始，一直到中午，还在落。青草沿着光滑的玻璃窗向上攀缘。像晨雨中湿漉漉的街道。在椭圆的叶片间，我能看见前山的颜色发生了变化。

多久没有关注周围的自然了？我们困顿在肉体的孤城，算计着生死间的得与失，把宽阔的生命交易给生活的囚笼。

我想起去年，在园子里，黄昏的光线绕过树木，覆盖在草地上，那么稠密，就像今天的雨。等天好转，单调的枝条都披满绿色的叶子，我和你一起回到林子里，找一找那些被我们忽略的东西——不论多么简单和琐碎。我不想当我老去，用它们来填充我悔恨的身体。我不想，触摸不到你的时候，我颤抖得发不出声音。

这一生的光阴呀，抵不过这一园子的树。抵不过，这晨雨落下，晚晴再起。当我俯下身向潮湿的草根间，我说出的一生都和你紧紧缠绕。这一辈子，多长都不算长，但是如果没有你，哪怕只差一秒，我都觉得这生命不够完整。而这整整一园子的树荫和光照，也将因为我们的缺席，失去水分而老去。

西屋岭

西屋岭险峻。陡峭的岩壁混合了几种简单的色彩。消失的海水造就了它咸涩的表情，也让它沉默且带有拒绝性。

波尔山羊不这样认为。小尾寒羊也不这样想。

波尔山羊踮着蹄子常常从峭壁的一面上到顶峰，从另一面跳跃着下来。它和峭壁说了什么，没人听得到。小尾寒羊也能效仿成功。

但是放羊的远房大舅不能，他从来都不敢这样想。他得绕过石砬子与羊会合。六十七岁，他算计过自己的时光，可能经不住陡峭山峰的沉重的阴影。自打修高速路，他就开始了每天的岭上生活。羊羔长大。羊羔又长大。

有时经过半山自家的果园，他会在树荫下歇一会。抽廉价香烟，看满树的果子，有了喜色。果树要是能像羊随意漫山遍野地行动该有多好。想到羊的好，起身招呼他的羊。阳光在西屋岭长出蓬勃。

这是多么值得喜庆的西屋岭。

（选自《星星·散文诗》2022年第8期）

鸟的象形（外一章）

徐小冰

网眼黑洞洞地试探，群叶奏起哭声。年兽刚刚出生，兽穴尚无爪迹。雾起乡村音乐会，一次出巡就展开一张曲谱，写下——林间匿有鸟网，森森骨或交欢喙开合，抖落一个吻，枯荣此地唯剩鸟的象形。

岁寒折翅，应激状态的冠羽如耳，反写鸟网的窃听。亮出国家二级保护生灵的利爪，此乃唯一的合法触手。

警力驯服年兽有余，轻抚垂死者不足。飞羽掠回贴紧大地的颤音，问——何谓仇敌？圣繁殖羽嘶吁发响，长耳鸮一瞪眼，金属般贵惰的不言自明。

护下飞羽者，谁又能随之览长风？年兽越过一个我们谁都看不见的上空。

夕阳重又投身泥沼——天湖几何呈出人间的线索——莲蓬梗框出身与影如生死界，电视塔收割天空如收割鸟的象形。

以春天为戒

如果路是长的，只要寂寞就好了。像倒在地上的木头在撒谎，在心存芥蒂，在生虫，在想着用某种方式拥有你。在歧路上走，叶落归西。你能想着一些事，就已经很好，水就已经跳起来，让空气充满缝隙，春从寂寞里起。沉迷于多余的造句能力，心悸，如云在失雨，春叶只能越来越坚硬。我想请你为我写一封信，并且是果敢的，敢于谈论爱与性灵。就像柳嬉咬风，若有吻，也是我们的。停笔后，请永远地收翅吧，我们送海回去，并以春天为戒吧。

（选自《星星·散文诗》2022年第2期）

我正因失去，而拥有（外一章）

严琼丽

辣秧在对面的屋顶长势良好，雷雨过后，我平静的面容和难以言明的、细微的恐惧就要猖獗地泛滥了。

窗帘永远处于静止状态，我的心却近乎大火过后——焦灼的土地，我的意识在风中重新聚成火焰。

我的眼泪为什么会在你面前干涸？

我不是一个狂徒，我只是一阵雨之后，一株倾倒的花儿。

你的身影，迈进我眼眶里的那一刻，我眼睛里的河流全都消失了。

细腻的、轻易就丢失的怅然时常缠绕着我，我乐意接受这一切。

生活所教会我的一切，我都该细细品味，甜的苦的辣的，我都接受。

我正因失去，而拥有。亲爱的旅人，如果你的失去，也能让你重新拥有，我自然也是快乐的。

热闹的街市，美丽的裙子，新鲜的蔬菜，陌生的身体捆绑熟悉的身影。

我的心，曾近乎大火过后的焦土，只有悬崖上冲刺的——倒挂的激流——更为惊悚的孤绝，能拯救我。

倔强的钉子

到站了，灵魂就更替了。

许多骑自行车的人都相继离开，带着黄昏的余温、带着我从忙碌之中获取的拥挤。

树荫下漫步的蚂蚁多冷静。我曾经也是没有性别、暴戾的君王啊，我也有我的城墙和骄傲，我的城墙上也种满了长刺的血一样鲜红的玫瑰。

今天我是温顺的绵羊。

我爱人间因爱而生的忧伤，我爱我们空荡荡的躯体。

我爱我们安静的灵魂，我爱沉淀在最深处的失落。

我爱我，我爱你，我爱我丢失在夜晚公交车上的每一双眼睛。

但此刻，我似乎真的掉进了时间的陷阱里，我害怕一切让我产生牵绊的事物，我怕它们消失，怕自己沉入虚空之中，没有尽头。

如若非要消失，想必我也会坦然接受。

我的肋骨里早已埋下了倔强的钉子。

（选自《星星·散文诗》2022年第2期）

时间管理者（外一章）

周　舟

一幢楼会被认为是睡梦者的搁架。

这时，时间管理者处于楼房正面的位置：整齐排列的窗户，上上下下等距离重叠，看上去个个黑黑的，形如渊面陡立。

这就是那个令人悲痛欲绝的地方，我们也只有从这里，从这样的搁架上，才会遇见众多的逝者。

可是后来，时间的管理者，像关掉电灯一样熄灭了月亮。

这样的结果，使他得以听到窗口飘出的鼾声，丝丝缕缕，恍若月光推门的声音，月光挪动树叶的声音。

因为年代久远，他需要彻夜提取这种呼吸，并将其放置于灯光下显影，通过岁月的嗓音，他依稀读出那些做梦人的姓名，个个都有回声。

古　堡

这里有门，但为一堵墙填充。

这里有文字，但颗粒的文字似乎比剑戟还沉重。它已尘封很久。一只正在飞行中的鹰，最多只是一册书的投影。

深埋于心的祷词，怀有一面绝壁的陡峭心情。

“大约在同治年间。”你像是自言自语。

往事不由自主地往下沉。这没有影响到你继续勾着头往古堡最高处攀爬——

这个早晨，因为你在古堡的最高处，你远眺，已无树可依，无栏可扶——故乡，作为村庄的样子挟裹着缕缕薄雾越过山脚、河岸，出现在对面的山梁上，大地安好。

（选自《散文诗》2022年第9期上半月版）

第五辑

风华

关于高原的六个词语（六章）

薛　菲

壹·早晨

“我来到早晨”。仿佛时间的陈述语，表述行为与目的，在此之前已放下形容词，放松介词，放开名词。

即使星空万顷，也是夜里趱程，手心有汗珠沁出，忍耐而焦灼，摸着月亮渡过世上的河流。

需要阐释的是：首先，勤谨的路程只为白昼；其次，语言为深层的邀约；最后，早晨有清澈而宁静的日光。

诸神曾隐于漆黑，以全心全意的睡眠来修复切肤的漫长。

仿佛分离很久，经历星辰闪烁的大海，区分自身和世界的元素，在海神波塞冬雷霆般的呼吸里，向天空回复鸟鸣嘤嘤的信笺，然后看见降雨或落雪。

时间默许，时光如白驹过隙，却让平凡的你进入区分的区域和范围。

一个走出静默的人，以并非完全的物的姿态

跨入白昼——

在甘南，马尾松高高伫立，松针上，露珠反映十万世界同一种光芒。

炒面和酥油茶端上餐桌，要将它们用水搅拌。你的手指抚触食物绵软的身体，将它们紧紧攥住，像祖先那样，攥住流逝的脉息。

啊，青稞清香，清水洁净，酥油和合二者在早晨的心愿。

贰·语言

“雪的青春被冷冻”。语言是白色的石楠花束，看见的人看见，被授之以低温般清凉的警示。盲目者径直穿越。

追随散乱在大地上的石头，哦，大地之母怀抱乱石如珍存石楠。

数不清的弃置还在默默无闻中生息。

水泥森林中穿过每一天，终日惶惶。

所以同情沙滩上捡石头的老人，他的背影高大，弯腰时显得佝偻，他在众多的石头中捡起其中一枚。我跟在后面，叫他父亲。

父亲的书房摆满石头，据说，还要继续摆放。

耐人寻味的时刻到了，我需要终生在预设好的迷局中行走，接近静默如星辰的石头。

斯芬克斯在等待。

大地诞育语言，仿佛石中之花。

那些房子，立在高原的一小片人类的丛林，寂静，清凉。而生命如炙热激流，涌动在大地表层，已战胜时间。

叁·火焰

一堆松木静静等待篝火。火燃烧起来，高度凝聚的物理运动。

同一个方向蒙受高昂的热，瞭望在至高处的哨兵，朝各种逼近的猛兽吹起尖利的哨。

一条坦途，跌入烈焰的木走向精神之路。火焰，仿佛移动的山岭来回奔跑，啊，它跑得忧伤。

木柴燃烧得痛快，噼啪作响，欲念在升华中平息。

动态的光明中，真实的存在之门打开。

而另一条不为人知的小路，在火焰背后，有一所蓝房子，固定在黑色的马路边。仿佛瓦尔登湖的倒影。

火说：我存在，我之外
只有黑暗和虚无

在甘南，挣脱时间锁链的野花随处可见。

童年时，漫山花朵和青草夹杂，割一捆回去，或者喂牛，或者烈日下晒干，放到冬天煨火。

肆·对话

等你路过，一串葡萄已画上白色墙壁。有三排，共九颗，呈倒金字塔结构。碧绿葡萄叶仿佛一团稻草人的胡髭。

一粒葡萄身上有四分之三的光明，四分之一的阴影是待发掘的甜。金字塔顶端，葡萄最下面一颗最大，也最亮，仿佛在滴水。似乎是谁吹出的泡泡。

那些年在巷道，我们比赛吹泡泡糖，糖纸上就有一个吹泡泡的女孩。

是她，嫁到吐鲁番布拉克的她。晾房壮观，戈壁上的风一小束一小束猛烈进入，葡萄一颗一颗在甜蜜的日常，等待风干。

牵一左一右俩小学生，脸上写满辛劳和满足，在你眼前晃动的还是儿时的她。少女。

现在，栖居在葡萄里的女子。

珏儿画的，眼神示意右边的男孩。真不错，真心赞叹，路过这里，来看看孩子们。

这些年，除了为我舅舅送葬那次，没再回去，没见过老同学。

当春天如约来到高原，放学后的她们仿佛一根草，将嫩绿的颜色随地晃动。

读书，放羊，跃动如树枝上为数不多的树叶。那新萌的叶，丝绸般的呼吸……是啊，春天，她们……

伍·陌生化

大风频繁的打火机的声音，将秋天推向诗与思的大火。

你眼睁睁看着清洁工的车子停在树下，金子将被运往哪里？

你看着树空了。

在南方的第二个春天里，细小扇子一片片冒出树枝，然后便是风雨，阳光偶尔露面，它们不再有憔悴的往日，它们有崭新的绿，仿佛来自《诗经》《楚辞》，具有传统的馨香。

澄明在墨绿中显现夏天。

那时路过，穿浅紫格子裙，银杏是你旅途中邂逅的君子，正直，温和。从远处看，夏天的银杏叶仿佛层层叠叠的菌类，善良地垒叠。

走近了，这里的每一把扇子都好看，虽然，它们长得几乎一模一样。你从树下走过，君子之风吹拂你高原红的脸庞。

陆·词语

分离感越来越沉甸甸的。母亲嘴里，不时出现离她最近城市，一遍遍念叨，当初应把女儿留到那儿。

你深感愧怍，哀哀父母，生我劬劳。

有人在听么？一个普通的城市。在很多年后的今天，它为自己解除遮蔽。

闪闪发光蔑视着诗与远方。

在《这世界如露水般短暂》一书中，小林一茶呵护情韵仿佛呵护亲情。

早晨经过花园，露珠撒满小草和树叶，蹲下来，仔细查看每一颗。曾经以为自己重新发现全部世界，然而它们终会消失在太阳下。

这些晶莹剔透的词语，从小，在甘南，就喜欢它们天真无邪的短暂，和它们心怀天下的光芒。

在词语的世界邂逅喜乐，为灵魂唱歌，我是否还在渴望母亲的原谅？

记忆是否都要付诸阙如？词语的宝石最后是否都到了博物馆？谁在为现实的距离松绑？

词语生在高原，你与故乡之间的顺势巫术，感应一种交叉地带的广阔与分离。

（选自《散文诗》上半月刊 2022 年第 3 期）

梦境（三章）

陈巨飞

梦幻：后花园

我想用我的郊野去交换另一片郊野——

但这不可能，就像刺猬的背上戳不住一滴眼泪。

我连自己的郊野都没涉足过。

我的后花园永远在我的背后，我根本无法从正面看见它。

梦话：南瓜

园子里该种些什么——我们种下南瓜绝对不会收出南瓜。

为什么？

因为要种上南瓜子。

我很奇怪为什么没有人在这块荒地种南瓜？

事实上是有的，那是在梦中。

月朗星稀，萤火虫来往穿梭。我在一片旷野之中开垦，小心地种上南瓜。

我将颗粒无收，因为在梦中。

因为这是心的旷野，它只能够接纳野草和蒺藜。

梦乡：烧秋

你的身后是灿烂的原野，久违的炊烟从侧旁的村庄上空腾起。

是啊，炊烟在轰隆隆的现代化中选择退场。炊烟最终消失不见——可炊烟散尽了仍是炊烟，这么淡的东西没办法描绘，也没办法挽留。

这一切，使你联想到秋后弥漫在田野里刺鼻但却温馨的烧高粱秸的气味。

那时候你还小，却要去烧秋，你指着祖母空荡荡的牙床噢咿乱叫；你的红薯烤熟了，你费了很大的力气才把它们啃完，你的嘴巴留下黑乎乎的痕迹……

但眼下并非秋天，你姥姥死了，你要去看你伤心的母亲和舅舅。自行车链条断了，你把它藏在一簇高大的玉米丛中。

（选自《星星·散文诗》2022 年第 2 期）

秋日村庄（三章）

林进挺

巷　道

纵横交错的巷道，是印刻在深田湖村的筋脉，是铸造一个村庄的骨骼。

那众多的巷道，大部分已铺成水泥路，有的还是沙土路，宽宽窄窄，弥漫着一种土气。

深田湖村的生活从干净的巷道开始，又从巷道结束。

秋日的梦与爱，携带着清凉的味道不断穿行，在深田湖村发酵，丰满。

来吧，请你慢慢走过有时寂静有时热闹的巷道，触摸岁月的痕迹。

池　塘

大大小小的池塘，如一块一块翡翠，散落在深田湖村里。

几乎都围砌了石栏杆，很多栏杆都有雕花刻鸟，缠绕着石头的温存气息。

池塘有名堂，也有柔情，更有爱恋的是深田湖村的乡亲。

我曾在一汪池塘边驻留，在秋日暖阳里静默。也曾对着池塘赋诗，把长长短短的诗句吟诵。

总有相似的诗情，总有相似的池塘，让我记住了乡愁。

石　桥

深田湖村有两座东西走向的石桥，如两条彩虹降落村庄。

进入村庄，要经过一座桥。路过村庄，也要经过另一座桥。

桥下是一条时有干涸的河流，流向大海。恰如一条腰带环绕着深田湖村。

我喜欢桥，也喜欢有石桥的深田湖村。

在秋日，我缓缓走过石桥，悸动的心便涌出一种温暖。

（选自《湖州晚报·散文诗月刊》2022 年第 11 期）

小村一日（外一章）

马东旭

在我的精神的领地。

在豫东平原。

我不是一场梦，但我必然成为一场梦。我做梦。在清晨，我看见一棵老梨树结满了果子，举着精致的鸟巢在风中晃啊晃欲坠。天宇中，美丽的云朵飘来了又飘走了，飘忽不定。

我们是我们未来的往昔。

我们是我们往昔的未来。

我在平原的河畔上玩一块细小的泥团，喜乐在于细小之处，我捏个泥菩萨，有鼻子有眼，我可以让它存在须臾，去过湍急的大河。也可以让它存在恒久，涂上金辉，置于家中的香案，我准备动用一辈子的时光来双手合十，供上玛瑙、珍珠、砗磲、花朵、水果和干净的水。一块泥团，可以披上众多的形体和色彩，一个人亦然。

风不停地喧响着。

在谜一样的人间，唯有植物真相大白，发芽是发芽，开花是开花，结果是结果。

（选自 2022 年 8 月 20 日《天山时报》）

访大沙河

清的。净的。明的。

这是豫东平原的春日，我的欢愉是小的，小小的欢愉。又是紧的。蔚蓝的天穹下，浅草没着马蹄。马向外界发出嘶鸣。

于此，我见天地。

与万物开始蓬勃。麦子准备拔节，桃花吐着骨朵。儿子放的纸鸢越来越高，它要飞向哪儿。但有时我只能见到有限的身在，见不到无限的行魂。见大沙河的水东逝而去，一群肩上有尘土的人在凫水，洗沐着一个个干净的“我”，呈现出最美的姿态，他们的公狗腰有阵阵弹力，在漩涡中扑扑通通。春风和煦，为他们吹拂也为我吹拂。我变成一只唱歌的黄鹂。

在枝头，与巨大的寂静对抗。

我的身体将在空中发出震颤，是空气中一闪一闪的洞穴。卡在让人看见与看不见之间。

（选自 2022 年 8 月 27 日《湖州晚报》）

渔船断想（外二章）

紫藤晴儿

停泊在时间当中，还是去向了遥远，那些船只像一个符号，定义着它们自身的重量。

历史编织着经纬，它们浮动在自我之中。好像从不会畏惧什么。

如何把其中的某一只做个标识，让它与我有关，关联在茫茫天际，无形地拉扯。好像大海的巨浪在吞噬它的时候，也会吞噬我。嘲弄它的时候也会嘲弄我。它所经过的暗流也会冲向我单薄的身体，思想之内我依靠它行之更远。

浪峰提着命运在走，它和所有的渔船实际上都一样，无可逃脱的风险，也会逼近。我也会接近失语的怒狂，又找不出一些明净的词发声。冲击于事物的秘境，远处的古船会像半个尘世的巨大，但却又囿于沧桑。我要一切新的激流，哪怕新的原罪在波浪中涌来。好像沧海桑田也会从一艘小船上经过。鱼像一个引子，铺张了巨浪的深渊，我爱的镜像似乎都在大海的情怀之中引申。

万物众生存于海水的潮汐，也会被一艘小船朝圣。

我还铺开了新的时间等它为我满载而归。比如：一些海水无极的蓝，一些远方诞生的好消息，一些消失又再现的事物，还有一些没有命名的诗。

大海的长调

延伸到茫茫的是水声，也是时间。用什么样的情怀去布道大海的无限，都会成为一个信仰的命题。哲学的微光透视着大海的鳞片，热爱也会让生活形而上学，但这正是我所寻找的生活。

浪花猛扑着放空的万物，它从未有停止过它的热烈。它扑向我时也会扑向我命运中的缝隙，落差着一些梦的碎片，诞生着一个新的出口。习惯了被它贯通于伸手可及的镜象之蓝。大海又像是万物的虚词，依靠于它的气息可以将世界慢慢放低。芸芸众生仿佛被水声递加着只有水的良知，水的心境。我爱那样的反复迎送，打磨着光仿佛都留下了诗的痕迹。忘记沧桑或没有沧桑。

海风袭袭。大海的造物它也可以像一个虚无，无形的小兽也会有一只是马尔克斯的海马在水中游动。看不到事物沉没于水的万物也会是大海内部的光，我会这样提醒自己。

或许驾驭大海的语言才可以成为一个好诗人。再次将语境放低于大海的古老，我在唐诗中寻找渤海湾，在宋词中寻找一块褐色的礁石，古老的事物也仿佛都沉睡在那些发黄的纸页上。一艘沉船也会带着旧时的悲伤不愿醒来。反复的吟诵着唐诗宋词像胸中的激荡也扑向了海面。

行吟着大海的长调也可以追赶时间的所有明亮之词。

玉　器

等同于它的体温一定是一颗温润之心。仿效着山水的时间，有了万物生长。

大地剖析着光的意义，时间像留着它体内的另一个印证。琳琅于世间的高贵又像一部历史的史诗，触摸等于无数次翻阅。什么才是最好的阐释呢？于它，于尘世。不知道的答案好像将时间推出很远。出土于沉睡的光阴好像它们会一直清醒着，并视察着人间的冷暖。它们身上也可以有无数个王朝经过。

雕琢着一块玉的天空，万物也会有了意念的回归。光泽中的世界对峙了空无，又有了空无的境界。信仰之内是它的每一个抽象，又是它的每一个完整。

一只鸟飞向了玉中，一只貔貅站在玉中，万物站在自我的意象，你企图什么它似乎就成为什么。

（选自《诗潮》2022 年第 2 期）

贴近生活（三章）

棠　棣

向日葵

太阳，是你生命完型的方式。

从清晨到傍晚，你都把头颅昂起，跟紧太阳的脚步，时刻不停。

你不会说出内心的秘密。

即便在夜空下，你只是埋头，沉思，等待下一个日出。

你从来没有奢望，只是伫立，守望，借太阳的光亮和温暖，描摹自己的憧憬。

而后，随着某个时刻的到来，你会腼腆地捧出自己饱满的幸福。

植根于土壤，你从不渴望飞翔。

你把所有的执着写在脸上，呈给风，呈给阳光，呈给大地上所有热爱着生命的事物。

你可以被虚拟成狂热的信仰，但那只是人们的臆想。

只有你自己知道，你的内心是多么的丰盈，如一个母亲，在送别的路上。

棉　花

棉花，世上最暖和的植物。

说到棉花，就想到雪，铺天盖地的雪。

说到棉花，就想起少年时光，想起锄草、剔苗、掐头、掷杈、一遍遍喷洒农药，甚至捕蛾、捉虫……

说到棉花，就想起深秋清晨棉田里被露水浸湿的衣裤，就想起剥棉花的夜晚十五瓦的灯泡熬涩的眼睛，想起冬日寒风中父母皴裂的手指。

说到棉花，就想起雪堆的房间，想起棉油的清香，想起秋耕时节作为底肥撒进地里的棉籽饼。

说到棉花，就想起农村生活的苦累与充实，想起跟着父母拉架子车跑几十里地买棉花的情景，想起劳作两季带来的收获与欣慰。

说到棉花，就想起溯流的时光，想起一床床暖暖的棉被，想起厚墩墩的棉袄、棉裤、棉鞋……

桂 圆

雅称或者昵称，只是小确幸而已。

把自己藏进包衣，看似暗无天日。但你却洞见光明与万念。

舍得，其实只是“放下与否”的问题。时光静好，但岁月却从未优待过谁。

让自己做自己的俘虏，俘获一颗仁心。

生津。止渴。润肺。降火。去燥。你眼中有亮泽，人世间便少了些许烦恼。

不问阴阳，不重纹饰，你着麻衣，相时相人相天机。只眼如炬，明了尘世纷纭下的绳契与规律。

你坐卧皆静，守心守正，守天地人和。

圆通之象，贵在静虚。你以看透事态的颖睿告诉世人：处世通融，肝火勿盛。

（选自《散文诗》青年版 2022 年第 5 期）

绝唱（四章）

谢松林

漂泊：夕阳倒影下的黄昏

不过是在梦幻的昭示下，找寻一片叶子。

曾经泛黄的纸张，在记忆的浇灌下，滋润着回忆与彷徨。

磨损的内心，在一次次失败与虚幻中，料理着未知的恐惧。

没有绝对。没有破旧的衣裳。

我将寻觅而来，任由那些如芒在背的孤影，在旅途中漂泊，带走倦怠与惆怅。

旋转的雨伞，在每一次暴雨中，转动露珠的晶莹。

飞鸟的倒影，填充岁月的唯美。

夕阳下的黄昏，在即将入暮的归途里，保持从容。

归途：变换的琴音

四时轮转，琴音如诉，聆听流水的温婉。

细腻的曲调，有如风声掩盖的鸟鸣，演绎着深邃。

穿透树木的力量，在枝繁叶茂的松林中，演奏不规则的旋律。

刹那间的绝响，瞬间停顿，引入复调的循环。

琴声铺陈的道路，不断响起的音符，成为唯一的指引。

归途如返。领悟岁月的执着，那些不曾逝去的沧桑。

落日：文字里的音符

看着亭亭的芦苇，阳光露出温暖的手指，秋日里的斑斓与盛大，成为秋水波光里最珍贵的印记。

姹紫嫣红，在秋日的芦苇间，像是连接着水天相接的浩渺。

接管着落日、云霞、长天、孤鹜，仿佛生动的山水间，长存着的款款足迹。

一只秋虫鸣唱着乐曲，我凝视喧嚣的尘世，泪滴被寂寞打湿，悬挂在天穹之上。

秋光里的婆娑，成为一切辨识秋天的修辞，在散落的鸣蝉间，留下亲切与回忆。

打开深秋照亮的人生，文字里的盛宴，细腻而丰盈。

晚景：文字里的修辞

一只鸟，聆听回忆。

在风声穿过的竹林里，寻找岁月的写意。

那些文字里的乡愁，追溯时光，成为远游的晚景，擎起向上的高度。

凝望人间孕育的哲思的花朵，我醉倒在文字呈现的修辞里，倾慕的目光，像是点燃了洞悉人间的火焰，捕捉着袅袅炊烟里的赞美。

细腻的辞藻，烂漫着诗意的速写，将时光里的青丝，高挽成优美的发髻。

桃花，流水，我迷恋着诗歌里的故园，以典雅之词，叙述绾上枝头的华美，一抹风雅的景致。

时光里的足音，叩响赞美与向往。

（选自《散文诗》青年版 2022 年 4 期）

这个春天，我们更加感谢祖国（外一章）

邱雨秋

鸟在春天飞着，飞成一朵花、一片叶、一缕水波、一束阳光。

绿绿的春风，赶着羊群，要上山了。

好大一条丝巾呀，就这样走着，走着，奔向山顶。

往北，再往北，那个大地上的春天，多愁善感的春天啊，浑身是伤的春天啊；

许多的忧伤，愁着广大的愁。

远离我们身边的暖。

为此，我们感谢，我们伟大而可爱的祖国；我们感谢，那些为了祖国安危和人民安全而站在我们前面的每一位战士！

我们，感谢祖国！

一棵春树

一棵春树。站在初春。

隐名埋姓。

门可罗雀。

站着，是最好的语言。

秃顶，面衰，骨瘦。一棵树，代言丑陋。

不识字的春风，乱写乱画。

年轮这个窨间，有的收藏众多套圈，有的陷于亏空状态。

伐檀工，唱着伐檀兮。
砍树的人，偷走斧刃，锯齿。
铁链，炮火，武器，该入库了。
窗外，气温急剧上升。

持一双木筷子，夹向一只鸟的翅膀。
点一根木火柴，烧痛春天。
一棵树，咬紧牙，不说出名讳。

（选自《巴音河》2022 年第 2 期）

在初冬里反刍时光

韩新彦

一

在冬天挥起北风的刀锋之前，柿子树把自己燃烧成一把火炬

总要给已经过去的季节一个回忆

哪怕是在黄昏的时候燃烧。

哪怕在之后的冬夜里，在寒风中，逐渐熄灭。依然是深埋进冬天厚厚灰烬的最后的火种

那繁星点点的红柿子，挂上枝头。在寒夜里彻夜不眠，凝望

故乡的春天。

成群的喜鹊拍动翅膀，划破厚重的冬天，向着下一个春天

轻盈地飞。

二

花儿在春天里开放。在花朵的后面，还有果实……

春天开放的是加法的青春，越来越花团锦簇，风光无限。

霜叶在深秋开放。在红叶的后面，只有寒风……

秋天开放的是减法的回忆，即使把红叶当作花朵，也只能一天天地少去。只能把积累一生的情感

种在大地的某一个角落，等待明年吹开它的又一缕

春风。

三

时间，春天的时候是一朵随风摇晃的小花儿；那单纯的空白里，满是不能忘记的美好。

即使用余下的一生
也不能
忘记。

四

冬天，每一片树叶都是一部历史书。
在时光里改变色彩，在时光里碰撞破损
在时光里坚持着走下去，
在风里轻轻地颤抖。

只为每一天清晨，与阳光的美丽重逢。

五

冬季，稀疏的树叶站在瑟瑟的枝头，等风。
等待着某一个时刻，展开翅膀

六

枫岭公园连绵起伏的丘陵上，一片片枫树林在寒风中从翠绿转为霜红。

在冬季，他们把自己举成一支支火把
温暖停车观望的旅人。
夕阳，用金子一样的光芒，点亮道路
也点亮一路风景。

（选自《牡丹》2022 年第 6 期）

向一朵睡莲致歉（外一章）

侯乃琦

花在道旁，来往的车要减速慢行。如若不然，就拜托过路的人把她摘下，给她新生。

自在佛在冬季为牡丹搭起小房子，让日本僧侣以花观己。百年后，柔风将慈悲还给故土。万物自有内在美，与你一生一会。

真诚的问候漂泊在记忆之海，在陶瓷中重新浮现。浪费花就是杀生啊！有人爱花如惜命，悉心聆听花的诉说。向一朵睡莲致歉，竟忽视蕴含的数学与焰火！

她爱过一株紫藤，尝试以很多种植物代替她。而她，活在彩图册里，紫色灵魂的作品——那化作修行者布包中的伞，呵护小小的喜乐。

十二点

怕光的诗，带着夜的静谧蜷缩进夏日的冻土。信仰推动绿皮火车，让深渊与悬崖抱成一团。

痛苦的人，好久不见。传说中，鹅卵石胎心长出胚芽——我们握过它，却只有此时，感同身受。南方空气湿润，不敢轻易流泪。

日复一日，为城里的花的赝品，浇水、施肥。用肥皂泡、苹果、巧克力为无来由幻想献祭。有人穷尽智慧，要帮我逃脱虚空。

我记得，你下沉到最深处，让句子借来鸟类。

一些花瓣，随风而逝。

（选自《上海诗人》2022 年第 3 期）

向日葵叙事

黄成玉

1

把花店买来的向日葵放入插花瓶，没有阳光、土壤，火焰般的热情不会消失。我静默，向一位画家致敬，选择向一颗孤傲的心致敬。他那无人知晓的苦闷，当时无人问津的画作，在一个荷兰小镇等待怒放。

毫无疑问，他们曾经多么寂寥——

2

湖边踱步，枝头绿意喧哗，一朵尘世的花缤纷飘落，花朵各自守着秘密，我走着，天色渐渐低沉，转弯处的小山坡上，花香坠地，陌生角落在眼中变熟悉，细嗅潺潺水流……

3

谁都向往过自由吧！我解开内心一把无形的枷锁，可靠的风嘲笑我太过痴心妄想，如果对于爱产生疲倦，我多想畅谈一个词语与生俱来的含义。

七天了，向日葵在花瓶中，还未有要枯萎的倦怠。

在一盏灯光之外，稿纸上的字如飞蛾扑火，让写作瞬间有了意义。

如此甚好，向日葵奔向了夜空，那些不想见的花朵枯萎，随心情写下一份珍贵。

4

四月深夜雨声哗哗滴落，我静坐在窗边桌前，彻夜反复读一组诗，人世沧桑，我知晓，一定有一束星光陪着我，孤寂的灯光是我的知己。不远处的向日葵，如星星温柔。

幻象词语，与我夜空交谈，谈论一章抒写植物的诗篇。

我见过的花开，凋谢了。会有一阵微风，一段辽阔的抒情，如同我隐藏的一条痕迹，我渴望这一份夜色闲心，台灯下的草稿纸上被我赋予一种可能，尘世的坐标系，我问了自己关于下一步人生路的认识。

两个坐标轴，一个坐标系，构成我深夜的隐秘世界。

（选自《诗潮》2022 年第 8 期）

我比你们更爱生活（二章）

黄鹤权

当我老了

幻想月圆是汉时，一镜青铜。幻想白鹿码头正在起雾，幻想我是感知云彩的人，随时召唤一杯酒来。幻想秋风一吹，水就倒一截，幻想埋下一颗时间胶囊。

幻想铜锈是铜的保佑者，幻想目光的姿势如出一辙，幻想耳廓的指引已陆续关闭，幻想惭愧的语言，正承袭一树又一树的花开。幻想过无数种见面的方式，幻想像没预见的就那样遇见，幻想雨水刷一遍天下透亮。

幻想一生最后的扑倒广大无边。

迟到的回音

当写下：父亲。笔尖突然变得迟缓，沉重，漫长的里程。

一个人老了，什么都在抽离，蓝天的深邃，满口烟气，像几道掠过心脏的闪电，还有那些震颤。它们弯弯绕绕，短小，在远处的老树下微笑，像一杯清水被阳光慢慢浪费掉。

月光如此美好，不动声色地坐卧着，音乐不停种在耳朵里，我就在窗前枯坐，被折断成一节一节。

哦，父亲。此时当我写到，胡须，云层，神谕。沟壑，枯槁的身躯——一条皱纹就扮成你的模样，开到我的额头。

（选自《星星·散文诗》2022 年第 2 期）

一日寻常（外二章）

金小杰

冬至，没有雪，阳光大好。

早起除霜，这沉淀的夜色，趴在玻璃上，窥探着昨日的秘密。每一日，车就是船，渡着自己，偶尔也渡渡他人。路即河流，上路便是行船，树叶般从一个地方撑到另一个地方。没有篙，也没有桨，撑船的和坐船的，是同一个人。

到学校，就是靠岸，一群孩子在书本中探险，扯出南朝的四百八十座寺庙，兜起一场场突如其来的倾盆大雨，有时也会朝后跑去，一头撞上灰色长衫，抬起头来，看一眼“迅哥儿”，又急匆匆地跑开。

我撑着船，寻不到渡口，只能把这群孩子一遍遍地从早晨渡到晚上，一遍遍地靠岸，又一遍遍地出发。

沉溺夜晚

足够了，这沉沉入睡的平原，很少有灯光兀自打亮，惊醒古老的夜晚。

偶尔在书中会会老友，偶尔击剑交涉，寻找霎时的闪电，更多的时候，会把被子拉到腋下，海浪、细沙、海鸥的鸣叫，渐渐地漫上来。海，用司空见惯的拥抱，让疲惫的中年人轻而易举地卸下铠甲。

脚底的痣抛下缆绳，有锚，深深地嵌进礁石。游鱼开始穿梭，珊瑚毫不犹豫地长满全身，几只章鱼像极了左邻右舍，一生都在打探别人的消息。

我拽了拽被子，打探消息的，活成了消息。沉溺夜晚的，浪花一遍遍地吻着，可能一不小心，会吻成海面上那轮温柔的圆月。

查无此人

七年了，只收到过一封信，没有落款，没有寄件人。信封上我的名字和地址，和当年一样，孤零零地站着，并且必须站直，没有退路。

我把它夹进书页，随手搁置在床头，书籍很快漫上来，退潮的时候，这一小枚蚌壳随水退成了书的一部分，退成了一个微小的不能开口的秘密。深夜，我把他们一一记起，又一一忘记。很远了，只有摇曳成火焰的树枝，在我身后低低地合上。一些嘴唇，一些目光，散落一地。

几年后，几十年后，倘若我不经意地撬开那本书，可能会发现一枚珍珠，也可能是一粒砂砾。

（选自《诗潮》2022 年第 7 期）

你需要一些词汇（外一章）

龙　少

庞大的白卷起黄昏的金边。

黄昏还没有褪去，风中，湖面不停擦拭自己淡蓝色的杯口。

在冬日，你找不到柔软的花瓣，来倾听身体中呜咽的风声，它可能需要一株毛莨花的坚韧，或者风信子重叠的裙装。

你的冬日是铺满河床的水草，她低语过的薄冰，在柳树下修饰着光线。光线已止住了脚步，黄昏也正在抖落周身的鳞片。

你倾听过的沉寂，是黄昏为夜晚铺垫的温床，而雪，悄无声息就进入了你梦境的果园。已没有声音要在此刻响起，你春日里踱步的河岸，在梦中寻觅着鸟雀的方向。芦苇开始摇曳，平滑的弧度半掩过薄雪的翅膀。你需要一些月光，在夜里轻拭过毛茸茸的梦境，你需要一些梦境，在夜晚打开月光的尾音。

而你只是夜晚掉落的花瓣，不需要画笔将它重新挪到纸上，雪还在落，那么清寂的孤单，需要一个人细细聆听，需要一个人将逃离的声响，捉回原处。

蔷　薇

她用红色的浓妆将春日留下，再将黄色的素颜递出院门。

那时的春日还是一截一截的雨水，水珠顺着绿叶躺在蔷薇花苞上，花苞半开，像翻过一半的掌心，总想握住些什么。

外表的刺还在，但更多的，我愿意它也是满月，蒲草，是忍冬花下摆渡的蚂蚁。我没有看清它的面容，梦境告知我的，我都已侧耳倾听了，如果不是，我希望是草尖起舞的精灵，是池塘悠然的睡莲。

蝴蝶的低语是一种力量，它偶尔停留，为蔷薇梳理起春日的华袍。华袍是立体的，充满苦味的甜蜜在阳光下慢踱着舞步。我也曾在阳光下，细嗅过蔷薇，光线赋予我的暖意也同样赋予蔷薇，当我还不是一株蔷薇，却同样默认着季节在我们身上的绽放与枯萎。它们释放出阳光和雨水的面容，又将单薄的叶片栖息在虫鸣之下。

没有孤独是彩色的绽放，没有绽放是带刺的绚烂。

我已听从时间的指令，将一颗细软的刺注入体内，并时常接受季节的审视。

春日还在更深的漩涡里嬉戏，我们都是一株蔷薇，在每一个清晨，等着防御，等着融化。

（选自《星星·散文诗》2022 年第 2 期）

布谷鸟（外一章）

祁照雨

世上没有英雄的第三天。浣纱的树木连鼻子也模糊了。任何风都可以从它身上碾过。山脉在雾气中分散。

抱着二胡的人抱着自己。在散碎的土壤之间，村庄如音符一般静寂。抱着二胡的人想拉一曲，为了自己的生命和疾病。

北方的平原没有轮子，它在此地的噪音已经入土。此刻活着的只有虫蚁，将新鲜的塑料袋和饮料瓶搬上祭台。

树林之间是迟钝的视网膜，石头上是三千年前英雄咳出的鲜血。那是传说，那是形而上的大地的荷尔蒙。此刻是清晨，也是黄昏。

奶　茶

流淌的香气，使我在自己的房间里，看见时间。每个房间都有不同的时间。我们有各自的庆祝方式和二十四节气。

通往茶园的山路上，有缓慢的清明。我必须清楚地得知，我将在哪个节气，彻底焚烧自己。我必须保持清醒。

现在是六月，所有的窗户，都吹过南风。热茶看着我的身体，仿佛在鉴定一件文物的真伪。

我时时自我催眠，时时涂上一层防晒霜。我懂得精致。

使自己成为一个敏锐的瓷片，使自己满脸都是甜蜜的泥土，使自己沉陷。

短暂的舞台剧。鲨鱼和鲸鱼的标本，占据着光线下的光辉岁月。我很快就在一场短暂的爱情里一去不返。

（选自《扬子江诗刊》2022 年第 6 期）

林荫道重奏曲

邵　骞

晚间，和朋友在静安寺聚餐。饭毕兀自沿着胶州路、长寿路走回住处。

沿路是窄旧但明亮的街道，敞亮的日用品店铺毫不遮饰背后弄堂的烟火气息，道路由块状地砖铺就，行人仿佛走在水平面的琴键上。

高大梧桐的幌影从橘色路灯和微凉的晚风中筛出碎片的光斑。我走在其中，光影在眼睛里分割交替，植物香氛扑鼻。想起我身后是走远的朋友，而眼前目标是暂住的酒店。

恍惚间，这条林荫街道似曾相识，像那些所有我走过的林荫路，南京、昆明、杭州……那些南北的地理时空，携带着“在路上”的信念与好奇，连同记忆与我合二为一。

那些明暗相间的道路，那些快慢参差的足印，像琴谱之上跌宕高低的音符，被我铭记，而这双演奏曲子的手，在每一次的重复和相似当中都将再度温习这些情感与历程。

无论远行或者回归，行至何处，我都将连同这些地理时空交叠的重奏曲一起走下去，永远走不到终点，永远走在这样光亮的时间里。

（选自《扬子江诗刊》2022 年第 2 期）

春之事（二章）

小 玖

雨水之秘

一滴水掉进屋子脊背。漏雨的时候，昨夜春风也回来裹挟两朵苹果花垂地的时代。

清醒中，时间就过去了。

田地里，柴犬在独自稀释没有添加剂的水，你把河倒过来，给我看云时，彩虹已经消失。我兀自拾到小叔的旧蓑衣。整片侧柏林中，侧柏叶穿过一张张屏风，落到墓地上。

亲爱的，这些都是尘土汹涌，我们无法待在房中。你褪尽雾气，最好在路上挑一些苹果，红鱼在晚霞的餐盘里，池塘快缩小到天际，而我们是否能见。

生活颂

阳光挤到衣服里，房子落下了雷。小黄狗坐在地上喊雨，银针随即下来，捅破宇宙的肚皮。为成熟，秋天扯断绿的颈，颠覆一场江湖的腥雨。

去年此地，举过道义的人们，割袍起誓已经果腹。金盏菊藏下它的身子。

—— 一块森林般茸茸的毛发。蛐蛐于黑夜弹唱，无人问津处，她拎起拖鞋去开门。月色兴衰，在她身上激起了白色的弹丸。

蝴蝶菜园

天空的蓝色进入我的胴体，香气裹成一颗糖果味。日出后辣椒挂在躁动中间。父亲坐在侧柏叶下阴影处。我跑远了就是一枚箭。

小马驹吃着唐代的草料，墨绿，它身上有难以亲吻的秘密。蝴蝶都在相对的高处——放飞。

趁晚霞，还没有缩小成星星之前。

（选自《散文诗》2022 年第 6 期上半月版）

良辰（外一章）

赵目珍

在呼吸中，我们看见。

自己的命运。

或许失去了什么，然而一旦怀想起往事，就可以发现，那不过是命运的一种限度。

它无法告慰，无法给予你一个可以代表个人意志的秋天。

你只能顺从。

然而，我们应当回过身来，参酌良辰。

——看古老的花蕊从枯木中抽出，看没有暧昧的风在群山之上悠然地吹，看历史裸露出它最原始的面容。

我们应当看见。

尽管这是一种假设。

然而良辰是真实的。此时此刻，我们应当成为个体事件的主谋。

做一只鸟，从高空里醒来。

寂静，还是雷声？有自己的判断。

此　时

此时，带着零余的思想。

夏日挂上枝头。

此时，我们在世上某处徘徊。看见倒立的人，看见倒地的人，看见坐卧不安的人；看见瞌睡的人，看见沉睡的人，看见昏昏欲睡的人。

他们睡着，或者假寐。

生命挂在时间的枝头。

此时，有千万只鹭鸟在湖心的小渚上翻飞。

影子与天空一起，倒映于水中。

此时，时间从万物的上空掠过。记下降生，记下成长，记下死亡；记下萌蘖，记下花开，记下所有的秋收冬藏。

它们存在，或者不存在。

幽暗与光，此消彼长。

（选自《诗潮》2022 年第 9 期）

拉萨早（外二章）

沙冒智化

拉萨开始动了，走一秒，十四步，走进更高的空间，到绿洲，天空。

一分钟，走出八百步，走进曲水县，慢慢爬完一个高点，到了日喀则市。

夜里，星星和路灯像观众，都在挣扎着血液循环的质量，氧气的厚度，红景天的来源。

出发八个小时之后，我停在时间里，等到夜间的最低气温，穿上身体的衣服。

天的流动，这里是一种神话。

闹钟的喧嚣，从路边到我的枕头下，只需要打一次响指的时间。

时间在这里是一种特殊的存在。

雪顿唱

冰的手指尖有根火柴，红色的头"咔"的一滑，点着尘世的一间房子。

你的头再低点，和大地连接在一起。

巨石没有翅膀的缘故在于稳妥，风吹草动的喧嚣。

挂在山上，对看彼此的时间，把灵魂洒在纸上，是一个天空。

一声不响，一口气，抵达山上，唱完累了的一生，放开身体里，没有痕迹的风筝。

雪顿节的路，不再有围栏和其余的自己。

藏戏的声音从地下长到石头上，石头长到山顶。

太阳出来了，牙齿笑了。

日喀则

梦植入两个人之间，走进两条路，两处湖泊，两座雪山，一条河流在中央。

狗不叫夜，夜的失眠在太阳的被窝里，蒙着脸，彻底翻开了肚子。

她来了，如同水中的太阳，痛苦的她，堵住了太阳。

他走了，如同石头上的月亮，开心的他，放走了月光。

日喀则，在这里是一条河，一条街。

日喀则，在哪里是一片地，一座山。

天空在这里轮回，星星在尘世间哭。

（选自《星星·散文诗》2022 年第 2 期）

不止青绿（外一章）

石　莹

你说：七月的高原好看得让人想死。

你说："我该带你去看看！"

你说这些话的时候，天空正下着雪。辽阔的白做了布景——

一个人的小名卡在喉咙里，像一口鲜血被吐出，再被坚硬的冰面撞疼。

你说，头顶的天空蓝得像海，像你想要带我去看的海。我们应该有一艘小船，去打捞羊子咩咩的叫声，狼毒花，或者是星子。

此时，黄栌和红枫还在筹划一场风暴。我们会在风暴到来之前回到我们的木屋。

我们趴在窗户上偷听：

青青麦苗压在雪下说悄悄话，眼里冒着希望的光。

杏树偷偷抽出芽孢——

而我在偷偷地爱你。你在偷偷地看我

反方向

沿着河岸逆流而上。

往事哗哗地从身旁流过伸手搂起，水从指缝里滑落。粘在手指上的是春天的镇龙山。阳光从紫色梧桐花间落下，掉落的花心里藏着一只蜜蜂蜇痛的回忆——

父亲坐在院子里拉二胡，音符随着流水流到一九九八年。

他停薪留职去了珠海，滚滚车轮抽打身后的风声，乌云盘踞在梧桐树冠上，是我体会到的别离。

再后来，是告别。

我在盐里挑拣出白糖递给母亲，她的笑容带着木制的松软。

我们抛弃忧伤，持续在树下跳舞。跳到红舞鞋被泪水浸湿。

——我们牵着她顺流而下

流水在山沟里唱歌，用父亲丢弃的音符，它们被我们拾起，在春天的草坪上拼凑：

有时候是一首诗，有时候是一道闪电

（选自《星星·散文诗》2022 年第 10 期）

那一片蓝（外二章）

庄海君

因为那一片蓝，我们看见了天空的倒影，从一座高山到一条河流，从一行林影到一片鸟鸣，直至蓝色的光安静地落在我们身上。

因为那一片蓝，我们看见了大海的日子，举高想象，向着远方，扬起心中的帆船，直至这散落在人间的光芒从我们手中划过。

我们还看见了那一片蓝照进了我们的生活，梳理着我们的梦境与山林。

有时，你也在摇晃我们的夜色，甚至摇动了整片星光。

当那一树春光突然有了生活的词语，我们都是祖母留在树下的身影，寂静无声地接纳着身边的一切事物。

她一边牵着我们，一边指向山上的父亲，那是我们第一次看见了生活的颜色，我们用颤抖的双手捧着那一片蓝。

有一天，那一道隐秘的光线贴近了我们的眼角，最古老的时光都从这里涌出，遇见高处的阳光。

秋分以后，寒露未出，她终于听清了神灵的启示，选择面对生命的颜色，把往事留给了我们。

后来，她成了我们生命中的那一片蓝，照过我们的天空与大海，照着了我们生活。

画　像

那一年，我们试着描绘祖母的样子，直至风声将夜色隐去。

秋分之后，对村口那条河流的想象，也渐渐淡了，我们开始在天空下画着倒影。

亲人们坐在一起，想给她的日子画一幅像。坐久了，我们像围着一个月亮。

有人说出她的身世，窗外的白月光照亮了她的头发，照深了她的额纹。卸下一些事物后，她选择了虔诚的一生。

她曾雕刻手中的日子，那些被父母分给他人喂养的日子与她口中的贫穷。这时，我们都静默了，甚至没有注意到夜已是那么深。

七十八年，她都在为我们种时间，说起她的父母与唯一的哥哥，她恨过，愧疚过，也原谅了他们。安静的长夜啊！她的一生当过两次白发人送黑发人。

不知何时，我们把她描绘成了玉兰花的样子，把花香留在我们的梦境。

四年多，当月光从窗缝钻了进来，落成她的样子，我们手中的笔又停了下来，仿佛又看见她在缝补着我们多年前的衣服，即使这一夜的灯光已暗了下来。

故　土

孤独聚集的地方，日子在泥土里疯长，许多亲人背起月色，忘却了旅途，尽把寒夜磨出棱角。

是谁搅扰了故事里的夜，一间老屋，一个老者，和一首读不完的诗。

古井岁月，听过的童谣，迹象清晰；老树枯影，风中有了空隙；天空下的抒情成了绝唱。

几经辗转，乡情一路向南，隐去怀念的风景，沧桑渐次。

望过远方的眼神，以倒立的姿态望出，往昔如风。

折断了静夜里的章节，姓氏里还有一条河流与一座高山。

说出方言，一夜间，满头青丝，与岁月风雨坚守着，这一片宁静的故土。

（选自《散文诗世界》2022 年第 2 期）